HISTOIRE

DU JUIF ERRANT,

ÉCRITE PAR LUI-MÊME,

Contenant une esquisse rapide et véridique de ses admirables Voyages depuis environ dix-huit siècles.

> L'on y verra de belles choses, comme Contes, Histoires, Discours et Beaux-Mots, qu'on ne dédaignera pas lire, ce me semble, si on y a mis une fois la vue.
>
> BRANTÔME.

A PARIS,

Chez
- RENARD, libraire, rue Ste.-Anne, n°. 71;
- DELAUNAY, libraire, Palais-Royal, galerie de bois, n°. 243;
- PELICIER, libraire, Palais-Royal, galerie des Offices, n°. 10;
- PONTHIEU, libraire, Palais-Royal.

1820.

TABLE

DES CHAPITRES.

Pages

Pages

HISTOIRE

DU JUIF ERRANT.

CHAPITRE PREMIER.

Voyages du Juif errant, depuis l'an trente-trois de l'ère vulgaire, jusqu'à la destruction de Jérusalem.

Je suis israélite, de la tribu de Zabulon. Sorti de Jérusalem l'an trente-trois de l'ère actuelle de l'Europe, j'ai voyagé sans cesse depuis lors, et je dois voyager encore jusqu'à la fin du monde. Telle est ma destinée : tel est l'arrêt irrévocable qui me fut signifié par une voix céleste, le jour que je sortis de Jérusalem. J'avais alors quarante-cinq ans, et je n'ai point vieilli depuis. La mort et les maladies n'ont aucun pouvoir sur moi : je suis incombustible et invulnérable; je mange et je bois pour mon plaisir, et non par besoin; je ne dors jamais; je ne suis jamais fatigué; j'entends et je parle toutes les langues.

On dit (mais je n'en crois rien) que les Argonautes ayant autrefois laissé sur le rivage de Cyzique une grosse pierre qui leur servait d'ancre, et que les habitans s'étant empressés de la déposer dans le prytanée, cette pierre s'enfuit d'elle-même plusieurs fois, de sorte que les magistrats, pour la retenir, furent obligés de la faire plomber et enchaîner. Quant à moi, on prendrait inutilement des précautions semblables; elles ne m'arrêteraient pas. Entraîné par une impulsion irrésistible, il m'est tout à fait impossible de rester plus de trois jours dans le même lieu. Tout le monde sait pourquoi je suis soumis à une telle destinée. Ceux qui veulent en savoir davantage sur mon compte, peuvent consulter la Chronique de Mathieu Parisius, le Dictionnaire de Calmet, l'Histoire des Juifs, par Basnage, et la Bibliothèque orientale du sieur d'Herbelot. Tous ces graves auteurs, ainsi que plusieurs autres, ont bien ou mal parlé de moi, et je suis très-sensible à l'honneur qu'ils m'ont fait (1).

Fort heureusement quand j'ai commencé mes voyages, le monde entier était soumis à la domination romaine. Les chemins étaient superbes, tels qu'il les faut pour la commodité des piétons, et ce fut une des choses qui adoucirent davantage mon sort. Les communications en Europe furent rompues après l'invasion des barbares: plus tard on risquait d'être détroussé par les chevaliers errans et par les écuyers qui marchaient à leur suite; mais à cette époque, j'étais déjà habitué à toutes les chances d'une existence ambulante.

Ma première pensée, en quittant Jérusalem, fut de me rendre dans la capitale de l'univers. J'eus soin d'aller faire un tour dans quelques cantons de la Judée et de l'Arabie, pour y prendre des parfums, me proposant par-là d'avoir accès auprès des dames romaines. Je fus ensuite à Alexandrie, et m'y étant embarqué, j'arrivai en peu de jours au port d'Ostie, et de là à Rome.

En y entrant, je dus être d'abord convaincu que toutes les grandes villes sont peuplées de badauds. En effet, le peuple romain, au moment de mon arrivée, était occupé des obsèques d'un certain corbeau qui, pendant plusieurs années, avait eu l'habitude d'aller, chaque matin, sur la tribune aux harangues, saluer, en croassant, la majesté du peuple. On l'avait embaumé; deux éthiopiens portaient son corps, et un joueur de flûte précédait le convoi, comme s'il avait été celui d'un sénateur ou d'un chevalier romain.

Je voulus ensuite me baigner : et je me rendis aux bains gratuits d'Agrippa. Un *balnearium* m'ôta mes habits, et un *capsarium* voulut bien se charger de les garder, ainsi que les cassettes que j'avais avec moi. En sortant du bain, il me fallut capituler avec lui pour recouvrer ces objets, et j'appris de la sorte que les bains d'Agrippa n'étaient gratuits qu'en payant. Cela étant fait, je me rendis au *forum* d'Auguste ; et voyant beaucoup d'oisifs réunis dans la boutique d'un barbier, je fus y demander quelle était la plus élégante des dames romaines. On m'indiqua unanimement Cœcilia, fille de C. Cœcilius Isidorus, qui avait laissé en mourant une fortune immense, dont elle était unique héritière. Pour donner une idée des richesses de cet homme, il suffira de dire qu'onze cents mille sesterces furent employées à ses obsèques, et qu'il possédait, au moment de sa mort, quatre mille cent seize esclaves, trois mille six cents paires de bœufs, deux cent cinquante-sept mille têtes de menu bétail, et soixante millions de sesterces en espèces, sans parler des biens-fonds.

Cœcilia était mariée, et son époux avait le gouvernement de l'Afrique ; mais il y résidait tout seul : elle n'aimait point la province, et ne voulait pas vivre à Carthage. On avait beau lui dire que Didon y demeurait jadis : elle répondait que cette princesse s'était tuée précisément parce qu'Enée n'avait pas voulu la conduire à Rome.

Le palais de Cœcilia était bâti sur le *forum* d'Auguste. Je m'y présentai, et je vis d'abord un vestibule spacieux, occupé par une foule de provinciaux et de provinciales qui voulaient voir sortir cette femme élégante, dont parlaient sans cesse les jeunes gens, fils de sénateurs, quand ils allaient visiter leurs terres dans les provinces, et qu'ils avaient la complaisance de recevoir les hommages des décurions et de leurs épouses.

On voyait dans ce vestibule des liguriens et des liguriennes, des gaulois et des gauloises, des ibériens et des ibériennes, des africains et des africaines, etc. Tout ce monde-là était assis sur des siéges de marbre, autour du vestibule, qui était couvert, mais accessible au public. Ayant examiné toutes ces figures curieuses, j'entrai dans la cour ou *cavœdium*, et l'ayant traversée, je voulus entrer dans l'*atrium* du palais; mais l'*ostiarium* y mit obstacle : il fallut aller prendre des ordres, et j'obtins l'entrée, en faisant voir que je venais pour vendre des parfums.

Un autel consacré aux dieux pénates s'élevait au milieu de l'*atrium*. Tout autour régnait un vaste et beau portique, dont les murailles étaient incrustées de marbre de Paros. Là on voyait dans des niches, les statues des ancêtres de Cœcilia; des inscriptions, des trophées, des bas-reliefs, rappelaient leurs hauts faits. Ces mêmes illustres personnages étaient représentés sur de grands médaillons d'argent placés dans le *triclinium* du palais. Après avoir traversé je ne sais combien de salles pavées en mosaïque et incrustées de marbre, je fus introduit auprès de Cœcilia, qui faisait sa toilette. L'une de ses deux cents femmes de chambre, Glycerion, jeune grecque, d'une très-jolie figure, était auprès d'elle, et venait de lui apporter une couronne artificielle de feuilles de nard et de fleurs de lotos, faite par les fleuristes d'Alexandrie, et des petits souliers de Sycione, destinés pour un certain bal qui devait avoir lieu le lendemain. Cœcilia était très-satisfaite de ces deux objets; mais elle se plaignait de la difficulté d'avoir des parfums de première qualité, au moment qu'elle me vit entrer, tenant entre mes mains un vase d'onyx, où j'avais renfermé tout ce qu'il y a au monde de plus odoriférant. Là était du baume de Judée; là était du parfum cyprin; là était du storax de Gabala; là était du cinamome : il y avait même du parfum royal, qu'on faisait alors uniquement pour le roi des Parthes, et dont m'avait fait cadeau un parfumeur d'Alexandrie.

Cœcilia m'accueillit avec un sourire, et à mesure que l'odeur délicieuse de mes parfums s'exhalait devant elle, sa physionomie devenait plus obligeante. Elle fit placer mon vase sur une magnifique table de bois de citronnier, et renvoya l'esclave qui lisait en sa présence, à haute voix, un nouveau recueil de fables milésiennes. Cœcilia se mit à causer avec moi; et après m'avoir fait quelques questions sur la parure des femmes juives, elle me demanda si, à l'exemple de plusieurs de mes compatriotes qui étaient à Rome, je n'avais pas quelques spécifiques curieux à lui faire connaître.

Je lui répondis aussitôt que si elle souffrait des maux de nerfs, elle n'avait qu'à prendre du vin de Beryte, avec de la cendre formée en brûlant une tête de hibou et une racine de lis. Je lui dis ensuite qu'arrivée à l'âge de trente-cinq ans, elle devait se frotter le sein chaque jour avec un onguent composé de cire, de cadmie et de coquilles d'œufs de perdrix, l'assurant que c'était là un moyen infaillible de conserver dans un état honorable cette illustre partie de ses appas.

Pendant que nous causions ensemble, Cœcilia continuait sa toilette. Une de ses femmes l'épilait; une autre, après avoir raclé ses bras avec une *strigile* d'or, les polissait avec une petite pierre-ponce. Glycérion ayant mâché du parfum, embaumait avec son haleine les cheveux de sa maîtresse, qu'elle avait frisés auparavant avec un *calamistrum* : elle les tressa ensuite, et les tresses réunies formèrent un grand nœud sur la tête, fixé avec une grande épingle d'or, pendant que des mèches bouclées tombaient avec grâce des deux côtés. Cœcilia dirigeait elle-même sa coiffure, tenant à cet effet dans ses mains un miroir ovale d'argent, avec un manche d'ivoire. Quelquefois elle s'amusait à regarder les espiégleries de son petit singe, et une esclave était là tout exprès pour l'empêcher de troubler les opérations de la toilette. Elle dura plus de trois heures, ainsi qu'on put le voir par le moyen du clepsydre d'or qui était dans l'appartement : chez toute autre femme, il ne m'aurait pas été permis d'y assister.

Quand Cœcilia fut coiffée, elle quitta ses sandales pour mettre des souliers blancs à la romaine, brodés en or. Elle avait déjà sa camisole, et Glycérion lui passa une bandelette, ou mamillaire, sous le sein, pour le soutenir. Après cela, elle lui mit une tunique de laine de Milet, d'une blancheur éblouissante, brodée de pourpre, avec des filets de perles : les manches ouvertes dans toute leur longueur, étaient arrêtées avec des agrafes de diamans d'Arabie. Cœcilia fit ensuite attacher à son cou un collier de perles fines, qui avait appartenu autrefois à la reine Cléopâtre; elle mit ses bracelets, ses pendans d'oreilles, et des anneaux à ses doigts; enfin, elle prit son manteau, et le drapa sur ses épaules de la manière la plus élégante.

Cœcilia donnait bien quelquefois des rendez-vous à ses amans au temple d'Isis : mais comparativement aux autres dames romaines de son temps, elle passait pour vertueuse. La mode et la parure absorbaient tous ses soins, tout son temps et tous ses trésors. Quand elle fut habillée, elle me fit parcourir son palais : on y remarquait partout des lits et des siéges d'argent. Je crois y avoir vu les portraits d'Alcibiade et d'Epicure, dans un appartement meublé à la grecque, ainsi que ceux d'Ovide et de Catulle, dans un appartement meublé à la romaine.

Après m'avoir fait payer généreusement mes parfums, Cœcilia voulut aller voir les jeux du cirque. Elle monta dans une litière semblable aux palanquins asiatiques, portée par huit esclaves, et entourée de huit autres personnes, savoir : deux coureurs nègres, deux esclaves avec un marchepied, deux autres avec des coussins, une femme qui portait une ombrelle montée sur un bambou des Indes, et une autre avec une touffe de plumes de paon, montées sur un bâton d'ivoire, pour servir d'éventail.

En sortant de chez Cœcilia, je fus visiter la ville, qui n'avait pas encore été alors brûlée et rebâtie par Néron, mais qui n'en était pas moins déjà remplie des édifices les plus magnifiques. Quand je compare les temples, les cirques, les basiliques, les portiques, les pyramides, les obélisques, les aqueducs de l'ancienne Rome, avec ce que l'on appelle les monumens des villes modernes de l'Europe, je ne sais pas pourquoi il y a tant de bonnes gens qui s'amusent à croire que le 19e. siècle est parvenu à l'apogée de la civilisation : il me semble, au contraire, qu'il en est encore passablement éloigné sous tous les rapports.

Ne pouvant rester plus de trois jours à Rome, j'en partis pour aller parcourir les Gaules. Je vis Lyon, Vienne, Arles, Narbonne, Bordeaux, Trèves, Autun, etc. Toutes ces villes étaient alors plus florissantes qu'aujourd'hui ; parce qu'elles étaient moins dépendantes de la capitale. Je me trouvais encore dans les Gaules, lorsque l'empereur Caligula y vint. J'étais présent, lorsqu'il fit ramasser des coquilles, en signe de triomphe, sur les côtes de Boulogne; m'étant permis d'en rire, il en fut informé, et ordonna mon supplice. Mais la hache micidiale n'eut aucune prise sur moi; et Caligula craignant d'avoir à faire avec un magicien, me fit mettre en liberté. Il me fit voir son fameux cheval, qui avait un collier de pierreries, mangeait de l'orge dorée, et buvait dans une énorme coupe d'or. L'empereur me donna ensuite une lettre, qu'il me dit très-importante, et qu'il me chargea de porter au gouverneur de Tarragone, en Espagne. Elle contenait ces deux mots : *ne faites au porteur ni bien ni mal* : c'est pourquoi M. le gouverneur, afin de ne pas me faire du bien, ne me retint pas même à dîner chez lui. Piqué de cette mystification, j'appris avec plaisir la mort de Caligula quelque temps après, et je vins à Rome pour voir son successeur Claude (2).

Etant arrivé fort tard dans la ville, je pris le parti de bivouaquer sur la place publique, et c'est là qu'au clair de la lune, j'ai vu passer l'impudique Messaline, vêtue comme une bacchante. Elle allait où elle n'aurait pas dû aller, ou tout au moins elle en revenait. Comme je suis un homme très-prudent et ami des bonnes mœurs, je crus convenable de me cacher derrière une colonne, afin de ne pas être accosté, comme cela aurait pu arriver. Le lendemain, je voulus voir la plaisante figure de Claude, qui, assis sur son tribunal, s'amusait à juger des procès. Il s'en présenta un, ce jour-là, fort compliqué. Après avoir attentivement écouté les avocats, l'empereur prononça son jugement en ces termes : *je donne gain de cause à celui qui a raison.* Vint ensuite l'affaire d'un homme à qui l'on contestait l'état de citoyen romain, avec tant d'aigreur, qu'on ne voulait pas même lui en laisser porter l'habit à l'audience. Claude décida que cet homme serait habillé en grec pendant qu'on plaiderait contre lui, et en romain tandis qu'on plaiderait en sa faveur. Cet incident préliminaire étant réglé, l'un des avocats commença à discuter le fond de la cause; mais l'odeur qui partait de la cuisine des prêtres du dieu Mars, vint frapper si agréablement l'odorat de Claude, qu'il abandonna brusquement son tribunal, pour aller se mettre à table avec eux; ce qui excita une grande gaîté parmi les spectateurs.

Je ne veux point parler de l'horrible règne

de Néron, ni de Poppea et de ses trois cents ânesses, ni du fameux souper et des crimes de Tigellin, ni de Sénèque, tantôt stoïcien hypocrite, tantôt vil courtisan, qui savait connaître la vertu et ne savait pas l'aimer. Je vins cependant à Rome tout exprès pour voir la maison dorée, et je vis à cette occasion l'empereur sur le théâtre, mendiant les applaudissemens du public. J'étais dans les environs de la capitale à l'époque où il cessa de régner et de vivre. J'appris alors que si les bons princes peuvent seuls être aimés de ceux de leurs sujets qui n'en reçoivent aucunes faveurs spéciales, les tyrans peuvent aussi avoir la gloire peu digne d'envie, d'être regrettés par ceux qui vivent à leurs dépens.

Au reste, je puis dire comme Tacite : *mihi Galba, Otho, Vitellius, nec beneficio, nec injuria cogniti.* J'ai cependant connu quelque chose du dernier, c'est-à-dire, la délicieuse fumée qui sortait de ses cuisines. Pendant plus de cent ans, on n'entendit parler dans toutes les hôtelleries de l'empire romain, que du repas donné à l'empereur Vitellius par son frère, où l'on avait servi sept mille oiseaux et deux mille poissons (5).

Quand j'allais à Rome à cette époque, je ne manquais jamais d'aller voir Cœcilia, qui me recevait toujours avec bienveillance. Lorsqu'elle n'était pas en ville, j'allais la chercher à celle de ses maisons de campagne où elle se trouvait. Je l'avais connue à l'âge de vingt-cinq ans. Trente ans après, elle conservait encore une physionomie agréable; mais elle évitait les jeunes femmes par un sentiment d'amour-propre assez naturel : c'est pourquoi ayant abandonné le séjour des palais qu'elle possédait en Campanie, elle passait alors la belle saison en Toscane, dans une maison qui fut depuis possédée par Pline le jeune. Je m'y rendis pour présenter mes hommages à Cœcilia, et je fus enchanté de son habitation.

Au devant du palais, était un parterre divisé avec art en plusieurs compartimens entourés de buis. On y voyait tout autour des berceaux d'acante, des lits de gazon, des gros buis taillés en forme d'animaux. Le parterre avait la forme d'un hémicycle; il etait entouré par une muraille couverte de lierre. On entrait dans la maison par un portique, d'où l'on passait à la salle à manger et aux bains, à droite et à gauche. On trouvait un très-grand nombre d'appartemens : les lambris en marbre s'y élevaient à hauteur d'appui; au-dessus on voyait peints des bosquets et des oiseaux. Tout autour de la maison, il y avait un cryptoportique ou galerie fermée, dont les châssis étaient en pierre spéculaire de Segobrica. Cœcilia s'y promenait à la fin de l'automne, car elle ne rentrait plus à Rome que vers le mois de décembre : aussi avait-elle un héliocauste dans sa chambre ordinaire; elle avait d'ailleurs soin d'ordonner qu'on fît bon feu pour entretenir en activité la chaudière placée sous terre, qui était destinée à faire circuler la vapeur échauffante dans les appartemens, avec des tuyaux de fer, selon l'usage du temps, plus commode, plus sain et plus économique que celui des brasiers et des cheminées que j'ai vu adopter depuis.

On trouvait à la maison de campagne de Cœcilia, pour ceux qui aimaient l'exercice, un *sphœristerium* et un hippodrome. Outre le parterre, il y avait encore un jardin formé par des allées concentriques de cyprès et de platanes, dont les tiges étaient revêtues de lierre. On voyait partout des buissons de roses, des buis taillés de mille manières différentes, et des petites pyramides placées entr'eux. Il y avait dans un bosquet un lit de repos en marbre blanc, soutenu par quatre colonnes de marbre de Caryste. Au-devant, était une fontaine avec un bassin sur lequel on laissait flotter des plats faits en forme de barque, quand on voulait dîner tout près de l'eau.

Cœcilia ne lisait plus ni Ovide, ni les Fables milésiennes ; elle s'occupait à faire travailler ses nombreuses esclaves, qui brodaient aussi bien que les femmes de Phrygie ; elle lisait les *Offices* de Cicéron et les Traités de Sénèque ; elle jouait aux dez avec un philosophe pyrrhonien, qui doutait de tout, excepté du bonheur qu'il y avait à être logé et nourri gratuitement toute l'année chez une matrône romaine. Au reste, Cœcilia était heureuse, et l'on devenait heureux en contemplant son bonheur.

CHAPITRE II.

Voyages du Juif errant depuis la destruction de Jérusalem jusqu'à la destruction de l'empire d'Occident, au cinquième siècle.

Il était fort commode de pouvoir arpenter presque tout l'univers en long et en large, au temps de l'empire romain, sans être obligé, à chaque village, de prendre et de montrer des passeports. Il faut avoir vécu alors comme moi, pour sentir quels avantages immenses l'unité politique de tant de peuples, procurait aux individus. L'un des principaux inconvéniens de la domination d'un despote, est toujours de rétrécir les idées de ses sujets. Les hommes qui sont gouvernés comme des enfans, le deviennent bientôt; s'ils ne peuvent pas charmer leurs loisirs, en s'occupant du soin des affaires publiques, ou bien s'ils ne le peuvent que d'une manière précaire et subordonnée à toutes les chances de l'intrigue et du caprice, ils tournent leurs pensées et leurs affections sur des choses coupables, ou pour le moins sur des choses futiles et ridicules. J'ai vu ce tableau réalisé sous le règne des anciens empereurs romains : cependant la gloire nationale de l'empire suffisait pour nourrir quelques étincelles de grandeur, par le moyen desquelles les esclaves des maîtres du monde étaient quelque chose de plus que des esclaves ordinaires.

L'unité politique de l'univers civilisé avait un avantage remarquable : les romains, mal gouvernés, n'avaient point la douleur de voir chez leurs voisins un système meilleur en apparence ou en réalité; il n'était point à craindre que leurs voisins leur donnassent de nouvelles mœurs, sans la compensation nécessaire des nouvelles lois relatives. Les hommes libres se consolaient de leur servitude politique, par leur autorité sur leurs esclaves, et ceux-ci ayant toujours une subsistance assurée, puisaient dans l'habitude une sorte de stoïcisme pratique, et se trouvaient moins malheureux que ne le sont maintenant en Europe les hommes qui appartiennent aux dernières classes de la société. L'immensité de l'empire empêchait les tyrans de deviner l'existence des individus; et les fortes institutions municipales que tous les anciens empereurs, même les plus insensés, eurent la sagesse de laisser subsister, opposaient une barrière à la tyrannie des gouverneurs, dont la gestion était d'ailleurs toujours assez courte pour laisser une porte ouverte à l'espoir d'un meilleur avenir. Le systême politique de l'empire romain, exécuté en petit, serait bien plus tyrannique qu'il n'était en grand : car dans un pays peu étendu, le citoyen est toujours plus en contact avec le pouvoir suprême, et par conséquent plus exposé au despotisme.

Quoi qu'il en soit, après avoir vécu sous le règne de Tibère, de Caligula, de Néron, de Domitien, de Caracalla, etc., il doit m'être permis de craindre le gouvernement despotique. Presque tous les individus y jouissent ordinairement de la sureté des personnes et des propriétés : peu de gens sont frappés, mais tout le monde est sans cesse menacé. Si l'on s'habitue à cette appréhension, sans y penser, on prend un caractère léger ; si l'on s'y habitue en y songeant, on prend un caractère vil. Dans un tel ordre de choses, la tranquillité publique règne mieux que dans tout autre système ; mais on est frappé d'un abâtardissement moral. Les partialités sont inévitables, elles détruisent toute concorde, toute bienveillance réciproque parmi les concitoyens ; l'égoïsme remplace la vertu et l'amour de la patrie ; les hommes vertueux et les hommes vicieux sont également sans énergie, et tout le monde est mécontent.

J'ai appris par tout ce que j'ai vu depuis dix-huit siècles, que le régime dictatorial est indispensable, transitoirement, dans certaines circonstances. J'ai reconnu que, prolongé dans les temps ordinaires, il n'est propre qu'à produire une prospérité apparente, éphémère, hors de nature, qui ne peut qu'être suivie d'un épuisement fâcheux que les vieux imbéciles ne manquent jamais d'attribuer à un changement de système, et qui n'est au contraire que l'effet d'une persévérance imprudente. Telles sont les réflexions politiques que je crois avoir écrites sur mes tablettes, en partie dans le parc de Potzdam, et en partie dans celui de Versailles, vers l'an 1787.

Au surplus, tous les anciens Césars n'affectèrent point le despotisme : il y en eut plusieurs qui respectèrent les droits du sénat ; quelques-uns furent des modèles de justice et de bonté. L'on ne peut certainement placer parmi les mauvais princes ni Vespasien, ni Tite : cependant, en qualité de juif, je ne saurais les aimer ni l'un ni l'autre ; et pour me venger du dernier, j'aurais bien voulu pouvoir lui enlever sa Bérénice.

Je perdis plusieurs de mes petits neveux à la prise de Jérusalem ; et accablé de douleur à cause de la destruction de ma patrie, je ne sus jamais comprendre comment mon compatriote Josèphe pouvait s'en consoler si aisément. Je fus plusieurs années sans aller à Rome, et j'y restai seulement deux ou trois heures pendant le règne de Domitien ; ce qui me permit de voir ce prince à l'une des croisées de son palais, occupé à tuer des mouches.

Je fus peu de temps après à Ephèse, où l'on admirait alors le temple de Diane, qui passait pour une des sept merveilles du monde. Il s'élevait majestueusement sur cent vingt-sept colonnes d'ordre ionique, de la hauteur de soixante pieds. Sur une place publique, tout auprès, le célèbre Apollonius de Thyane débitait ses rêveries : il ressemblait, soit par sa figure, soit par ses discours, au charlatan Cagliostro, que j'ai vu naguères à Paris, chez le Prince Louis de Rohan, qui m'avait admis chez lui, me croyant un juif d'Alsace. Cependant il y avait bien quelque chose de merveilleux dans Apollonius, car je puis certifier que j'étais au nombre de ses auditeurs, quand il nous annonça, étant à Ephèse, la mort de Domitien, au même instant qu'on l'assassinait à Rome.

Je laisse à ceux qui veulent avoir la bonté de croire Pline sur parole, le soin de louer Trajan. On dit que son ame a été délivrée des enfers par l'intercession d'un vertueux personnage. Si cela avait dépendu de moi, je sais bien que je l'y aurais laissée, car je n'aime point les conquérans. N'y a-t-il pas la même injustice et la même cruauté à verser du sang humain sans motif, sur un champ de bataille, ou bien sur un échafaud ?

J'ai connu l'empereur Adrien, qu'on rencontrait à chaque instant dans tous les coins de l'empire, conduisant avec lui son bon ami Antinoüs, gros garçon joufflu, d'une physionomie riante. J'ai vu aussi ce monarque à Rome, et je me souviens d'avoir eu occasion de lui présenter un placet. Bien d'autres solliciteurs étaient au palais ce jour-là. Il y en eut un qui sortit très-mortifié. La veille, Adrien lui avait refusé je ne sais quelle grâce. Il s'avisa de revenir à l'audience, après avoir caché ses cheveux gris sous une perruque noire : *Mon ami*, lui dit l'empereur, qui s'aperçut du stratagême : *j'ai refusé hier la même demande à votre père : je ne puis vous l'accorder.*

Il y avait beaucoup de luxe à Rome du temps d'Adrien : la ville fourmillait de jeunes gens efféminés, occupés uniquement de leurs plaisirs. On distinguait parmi eux Vérus, qui fut adopté par l'empereur. Il avait toujours Ovide sous le chevet de son lit : le service de ses appartemens était fait par des enfans vêtus en petits amours, et ses deux coureurs, nommés *Borée* et *Aquilon*, portaient des ailes à leurs épaules.

Antonin et Marc-Aurèle furent deux princes très-illustres ; mais ils eurent le malheur de subir une destinée cruelle, assez commune parmi les hommes soumis au joug de l'hyménée. Ils surent faire, dit-on, à mauvais jeu bonne mine : aussi sont-ils célèbres dans les fastes des maris complaisans, tout comme les deux impératrices Faustines, dans les annales de la grosse galanterie. Au reste, l'empereur Marc-Aurèle fut un très-honnête homme, qui, se trouvant dans un besoin extrême d'argent, aima mieux vendre la garde-robe de sa femme à l'encan, que de mettre des impositions nouvelles sur ses sujets : aussi le peuple romain l'aimait beaucoup, et sut très-bon gré au célèbre Gallien, son médecin, d'avoir prolongé ses jours, en imaginant pour lui la thériaque.

La fortune, fatiguée, à la mort de Marc-Aurèle, d'avoir fourni une suite d'excellens princes au peuple romain, jugea à propos de lui donner l'empereur Commode. Il aimait la chasse des bêtes féroces; il combattit sept cent trente-cinq fois comme gladiateur; il avait un sérail composé de trois cents femmes, qu'il renouvelait fréquemment. Voilà bien ce qui constitue un monarque accompli (4).

L'on conçoit qu'obligé par état de voyager sans cesse, et ne pouvant séjourner plus de trois jours nulle part, je dus bientôt connaître tout l'empire romain comme mes poches. Je ne manquais pas d'utiliser mes voyages; et quand je passais dans les lieux où séjournaient des hommes distingués par leurs lumières, je tâchais de leur rendre mes hommages : c'est ainsi que je vis Plutarque à Chéronée, où il était occupé à écrire sa biographie des hommes célèbres. Lui ayant demandé comment il pouvait se déterminer à vivre dans une aussi petite ville : *C'est précisément*, dit-il, *parce qu'elle est si petite, que sa population ne peut être diminuée d'un seul individu*. Il voulait même que je restasse à Chéronée, à sa place, pour lui donner le temps d'aller à Rome, sans diminuer le nombre des habitans de sa patrie. J'étais dans l'impossibilité d'accepter une pareille proposition, ce qu'il ne voulut jamais comprendre ; et piqué de mon refus, il révoqua la promesse qu'il m'avait déjà faite, de me placer parmi les hommes illustres.

En quittant Chéronée, je me rendis à Nicopolis en Epire, pour y voir le philosophe Epictète ; je le trouvai boitant, sur un grand chemin, tout près de sa chaumière : il m'y fit entrer, et me montra la lampe de terre qu'il venait d'acheter, et qui fut vendue dans la suite trois mille dragmes. Bientôt survinrent des femmes, jeunes et vieilles, qui venaient demander des conseils philosophiques. Epictète leur dit à toutes ces deux seuls mots : *patience* et *abstinence*. Comment, répliquèrent alors les jeunes personnes ! quelle plaisante philosophie ! passe pour souffrir, mais l'abstinence ! Oui-dà, disaient les vieilles, passe pour l'abstinence, mais souffrir ! Ces exclamations m'amusèrent beaucoup, et je me mis à dire, foi de juif, que les femmes ne doivent pas plus écouter les philosophes, que les philosophes ne doivent écouter les femmes.

Quelques années après, je fus de nouveau en Grèce, et je me rendis aux jeux olympiques, pour y voir le spectacle singulier offert par le cynique Peregrinus. Le hasard plaça à mes côtés Lucien, cet écrivain spirituel et caustique que l'on admire encore. Il ne savait voir que le côté plaisant des choses; et, peu touché des sentimens de compassion que la mort du philosophe aurait dû lui inspirer, il n'en voyait que les motifs et les circonstances ridicules, dont il fit des plaisanteries telles aux dépens de Peregrinus et des cyniques ses confrères, que ceux-ci levèrent leurs bâtons, et vinrent tous ensemble assaillir le téméraire. Fort heureusement il me fut possible de le soustraire à leur fureur (5).

Je n'ai jamais vu Septime Sévère ni Caracalla; mais j'ai connu Héliogabale; je l'ai vu avec sa robe de soie brodée en or, sa thiare asiatique sur la tête, couvert de colliers et de bracelets, avec les sourcils peints en noir et les joues peintes en rouge. J'ai vu sa mère Soemis, qui allait au mont Quirinal, pour y présider le sénat de femmes, qui venait d'être érigé, afin de régler pertinemment les étiquettes et les modes à l'usage des dames romaines. Les séances de cette réunion n'étaient point publiques; mais à trois cents pas du local où elles avaient lieu, on entendait un caquet, un babil et un brouhaha de tous les diables.

Le hasard me fit lire sur une colonne du capitole une affiche par laquelle le public était prévenu qu'Héliogabale invitait tous les hommes ingénieux à proposer des plats nouveaux, pour augmenter les richesses de Comus. Je savais que plusieurs ragoûts en usage dans la cuisine de Cœcilia, étaient passés de mode: j'en fis présenter un au palais; l'empereur l'ayant goûté, le trouva détestable, et me fit ordonner, pour ma peine, de n'en manger point d'autre, jusqu'à ce que j'en eusse trouvé un meilleur. Je revins le lendemain avec un autre ragoût; Héliogabale en fut content: il daigna me faire compter dix mille sesterces, et me fit dire de venir chez lui pour assister à un repas où il avait fait inviter les principaux sénateurs. L'*architriclinum* ou majordome connaissait son monde: tous ceux des convives qui étaient sobres furent placés d'un côté, et tous les gourmands de l'autre. Héliogabale obligea les premiers à s'enivrer, et fit servir des mets de cire aux autres.

Alexandre Sévère se comporta bien autrement qu'Héliogabale. Il y a peu de choses à dire de leurs successeurs immédiats. J'ai vu Valérien à la tête de son armée, marchant contre les Perses, sans prévoir le triste sort qui l'attendait. Son fils Gallien était un excellent cuisinier, talent précieux dans un prince. Il avait la bonté de disserter avec le philosophe Plotin, et il était si content de ses théories politiques, qu'il allait lui donner une ville de la Campanie, pour y réaliser la république platonicienne, quand ce beau projet fut rompu je ne sais ni pourquoi ni comment.

J'ai eu le bonheur de connaître la célèbre Zénobie, aussi belle et un peu plus sage que Cléopâtre. Elle avait certains yeux noirs, les plus beaux du monde; son port était noble, son aspect imposant. La ville de Palmyre fut ornée, par ses soins, des édifices les plus magnifiques. Elle partageait son temps entre la chasse et l'étude. L'habile rhéteur Longin lui expliquait les beautés du divin Homère et du divin Platon. On prétend que la reine, à son tour, expliquait aussi, bien des choses à Longin; mais on ne m'a rien dit de tel à Palmyre. Quelques années après, je vis avec douleur cette belle et illustre reine à pied, avec une chaîne d'or au cou, marchant devant le char d'Aurélien, lors de la pompeuse et triomphale entrée de ce prince à Rome. Il traînait après lui seize cents prisonniers destinés à devenir gladiateurs, dix femmes guerrières, prises les armes à la main, qui devaient être données, comme esclaves, à la plus vieille des vestales, vingt éléphans, quatre tigres, et plus de deux cents bêtes rares et féroces, sans parler des autres créatures raisonnables. Le char de l'empereur était tiré par quatre cerfs, symbole de la rapidité de ses succès. Le lendemain, il donna un palais situé à Tivoli, à la reine Zénobie, qui reprit son Homère et son Platon, vécut en matrone romaine, et mourut en paix.

Revenu à Rome sous le règne de Probus, je vis dans l'amphithéâtre de Titus la célèbre chasse qui eut lieu dans l'arène, après qu'on y eut transporté de grands arbres avec leurs racines ; ce qui en fit une forêt. On y introduisit ensuite mille autruches, mille dains, mille cerfs et mille sangliers : chacun eut la liberté de tuer et d'emporter ces animaux. Une nouvelle chasse eut lieu le lendemain, et l'on introduisit dans l'arène cent lions, cent lionnes, deux cents léopards et trois cents ours. Que sont auprès de cela les ménageries des princes modernes ? On saurait bien d'autres belles choses de ce temps-là, si je ne les avais oubliées, et si le hasard n'avait fait que les bons historiens de cette époque sont perdus (6).

L'amphithéâtre de Titus, où j'ai vu ces deux chasses, était de forme elliptique, revêtu de marbre et de statues, tant au dehors qu'en dedans, avec quatre ordres d'architecture. On pénétrait dans l'intérieur par soixante-quatre entrées; quatre-vingt mille spectateurs y étaient assis sur quatre-vingts rangs concentriques de siéges en marbre, garnis de coussins. L'édifice, découvert quand il faisait beau temps, se couvrait avec une tente de toile ou de cuir, pour garantir les spectateurs du soleil ou de la pluie. Enfin, le jeu des fontaines donnait de la fraîcheur et un air pur dans l'enceinte.

Il y aurait beaucoup de choses à dire sur Dioclétien, qui tenait une cour splendide à Nicomédie. Ses manières despotiques me choquaient alors, et me choquèrent davantage ensuite, quand j'en vis le triste résultat, qui fut d'abâtardir toujours plus les romains, et de les rendre incapables de résister aux barbares. J'appris donc son abdication avec beaucoup de plaisir, et je fus le voir planter des laitues dans sa retraite près de Salone. Il y résidait dans un vaste palais, bâti en pierres de taille, et flanqué de seize tours. On y voyait un portique qui avait cinq cent dix-sept pieds de longueur. Le ci-devant empereur pouvait s'y promener tout à son aise. Les laitues, dont la culture lui paraissait préférable au soin de l'empire, n'existent plus, mais les débris de son palais existent encore.

Etant né moi-même en Orient, je voudrais bien qu'il me fût possible de justifier la résolution que prit Constantin, de transporter la résidence de ses successeurs sur les rives du Bosphore. Mais j'ai vu les inconvéniens qui en résultèrent; je n'en parle pas, et je me borne à parler de la splendeur de Constantinople, et des merveilles qu'elle renfermait dans son sein. Au milieu du *forum*, était un piédestal de marbre blanc, qui supportait une colonne de porphyre de la hauteur de cent pieds, et qui en avait trente-trois de circonférence. On voyait au sommet une statue colossale de bronze, qui était censée représenter Constantin, et qui avait été faite par Phidias, pour représenter Apollon. La ville avait un magnifique hippodrome, où l'on voyait le beau trépied d'or que les grecs consacrèrent dans le temple d'Ephèse, en mémoire de la défaite de Xercès. Malgré tout cela et bien d'autres choses, Constantinople était encore loin d'égaler la ville de Rome, dont les monumens étaient innombrables. Constance, fils de Constantin, en augmenta le nombre, en y faisant transporter l'obélisque en granit, de la hauteur de cent quinze pieds, qui était posé en Egypte devant le temple du Soleil, à Héliopolis : on le voit encore aujourd'hui à Rome (7).

Paris, cette grande ville, était alors la petite et boueuse Lutèce, bâtie tout entière dans une île de la Seine. J'y ai vu, logé hors de son enceinte, dans le palais des Thermes, ce fameux Julien, alors César, et depuis empereur, qui avait des ongles crochus, et qui portait une barbe touffue. C'était un pédant, s'il en fut jamais, qui se récriait sans cesse sur la sagesse des parisiens, qui avaient alors la mine renfrognée, et qui n'avaient jamais voulu chez eux ni cirque ni théâtre. En voyant le triste aspect de cette ville, je n'aurais jamais cru que Lutèce un jour serait devenue capitale du plus puissant royaume de l'Europe, qu'on y aurait trouvé force femmes gentilles, et qu'on y aurait joué des mélodrames; je n'aurais pas cru non plus que le palais impérial des Thermes, où Julien se déridait quelquefois avec certaines fillettes gauloises, serait devenu, quinze siècles après, la demeure d'un tonnelier.

A force d'étudier le divin Homère, Julien avait pris dans ses discours et dans son style le langage concis de Ménélas, l'abondance de Nestor, l'éloquence pathétique et victorieuse d'Ulysse : c'est pourquoi il crut sa plume assez forte pour le venger de tous ses ennemis, et il lança son *Mysopogon* contre les habitans d'Antioche, qui se moquaient de sa personne, et qui n'avaient point des inclinations aussi philosophiques que lui. Occupés sans cesse à s'amuser, ils ne songeaient qu'à se procurer des cochers de Laodicée, des comédiens de Tyr, des pantomimes de Césarée, des chanteurs d'Héliopolis, des gladiateurs de Gaza, des lutteurs d'Ascalon, et des funambules de Castabale. Julien était venu dans une telle ville, uniquement pour voir le célèbre temple d'Apollon, situé à Daphné, tout près d'Antioche, dans un bocage de lauriers qui avait dix milles romains de circonférence, et où les jeunes filles des environs venaient se promener assez souvent, seules en entrant, presque toujours accompagnées en sortant (8).

Les successeurs de Constantin s'occupaient presque toujours de certaines affaires qui ne les regardaient pas, et qui ne me regardent pas non plus. Je dois dire néanmoins que plusieurs d'entr'eux firent des lois sages : il faut mettre dans ce nombre, Valentinien, malgré la dureté et l'insensibilité de son caractère. Ayant eu occasion d'aller lui présenter un placet, je ne fus pas peu surpris de trouver dans son antichambre deux chambellans d'une singulière espèce, savoir : deux tigres énormes enfermés dans des cages de fer. Deux épagneuls auraient été plus gentils, et deux singes mieux à leur place.

Valentinien établit dans chacun des quatorze quartiers de Rome un médecin payé par le public. Voilà qui est très-bien; et quoiqu'un Juif errant ne soit jamais malade, je dois dire, à cette occasion, qu'on devrait distinguer soigneusement les médecins consultans, et les médecins cliniques; que les premiers devraient être payés par le public, sans pouvoir jamais remplir les fonctions des autres, qui seuls devraient être payés par les particuliers. Chaque médecin consultant devrait avoir auprès de lui une pharmacie avec un bureau, et donner des audiences publiques à tout le monde sans distinction, répondant à chacun à tour de rôle, et répondant par écrit. Voilà, je pense, des projets qui en valent bien d'autres.

Me trouvant en Thessalie, sous le règne de Théodose, je fis une longue course pour visiter les Thermopyles et le vallon de Tempé. Je vins ensuite à Thessalonique, et j'y fus témoin d'un spectacle horrible. Le peuple avait massacré, quelque temps auparavant, le gouverneur de la ville, qui refusait de mettre en liberté un certain cocher du cirque, qu'il avait eu des raisons, bonnes ou mauvaises, pour faire arrêter. L'empereur, irrité de cet événement, envoya ordre aux troupes de faire main basse, tel jour, sur tous ceux qui assistaient au cirque. Je vis égorger sept mille personnes dans cette conjoncture. Théodose sorti totalement de son excellent caractère, par cette barbarie, donna depuis les marques les plus solemnelles de son repentir.

Honorius, fils de Théodose, eut la gloire et le courage d'abolir les combats de gladiateurs. On jeta les hauts cris dans Rome contre cette mesure : on prétendait qu'il fallait tolérer ces atroces exercices, pour conserver l'esprit militaire de la nation ; l'on citait je ne sais quel passage des Tusculanes de Cicéron : on débitait les mêmes extravagances que j'ai depuis entendu débiter en France, à l'époque des édits de Louis XIV contre les duels.

L'empereur Honorius laissait gouverner l'Occident par le comte Stilicon, son beau-père, qui fit brûler les livres sybillins, et qui excitait la verve du poëte Claudien par ses bienfaits. Il ne fut point ingrat, ainsi que le savent les personnes qui prennent la peine de lire ses ouvrages.

Rien de plus plaisant, au temps du Bas-Empire, que de voir avec quelle gravité les nouveaux consuls prenaient possession de leur charge au premier janvier. Ils arrivaient au *forum* avec de belles robes de pourpre brodées en or et en soie, précédés des licteurs, avec les faisceaux et les haches. Ils s'asséyaient sur leurs chaires curules, et affranchissaient un esclave, selon l'antique usage relatif à l'affranchissement de Vindex qui découvrit les projets des Tarquins. Cela fait, ils donnaient des jeux au peuple, qui coûtaient deux ou trois millions, et ils ne faisaient plus rien dans toute l'année, si ce n'est de prêter leurs noms pour dater les actes publics. Le consulat était devenu une dignité chronologique. Que le ciel et la terre me pardonnent cette mauvaise plaisanterie !

La ville de Rome avait alors douze cent mille habitans, ou peut-être davantage. On y comptait dix-sept cent quatre-vingts palais, et quatre mille six cent soixante-deux maisons. Les théâtres entretenaient trois mille danseuses et un nombre égal de cantatrices. La plupart des sénateurs avaient un million ou deux de revenu. Ils portaient des tuniques magnifiques, sur lesquelles étaient brodés des animaux de toute espèce. Ils parcouraient les rues de la ville, suivis de cinquante valets, et montés sur des chars d'argent massif, très-élevés. tantôt couverts, tantôt découverts.

Tandis qu'Honorius régnait en Occident, Arcadius, son frère, était empereur de Constantinople. Il eut la bonté de laisser voler son argent par l'eunuque Eutrope, jusqu'à ce que l'impératrice, qui préférait le comte Jean au pauvre eunuque, fit exiler celui-ci dans l'île de Chypre, quoique le pays jadis habité par Vénus, ne fût pas la véritable place des gens de son espèce.

Théodose II, fils d'Arcade, fut élevé par sa soeur Pulchérie, femme vertueuse, qui avait fait du palais impérial l'asyle des vertus. Elle fit épouser à son frère la fille du philosophe Léonce, nommée avant son mariage Athénaïs, et ensuite Eudoxie. Cette nouvelle impératrice avait appris toutes choses, hormis l'art de faire bon ménage avec son mari. Théodose commença par faire mourir Paulin, maître des offices, dont il était jaloux, soit à tort, soit à raison. Il exila ensuite Eudoxie en Judée, où elle fut habiter précisément une maison qui m'appartenait, mais dont le fisc s'était emparé depuis quatre cents ans, prétendant que j'étais mort, et de plus, sans héritier.

Dans ce temps-là, il y avait certains rois barbares très-importuns pour l'empire romain, parmi lesquels Attila, roi des Huns, était le plus formidable : je l'ai vu avec sa physionomie effrayante, sa large tête, son teint basané, son nez aplati, ses larges épaules, sa taille courte et carrée. Quand il n'était pas en course, il résidait dans un palais de bois, situé au pied de la montagne de Tokay, séjour délicieux pour un grand buveur tel que lui. On y trouvait un sérail à l'usage du prince, dont les femmes n'étaient cependant pas enfermées. Qui croirait que la belle et jeune Honoria, sœur de Valentinien III, envoya furtivement un anneau d'or à un tel homme, en le priant de la demander en mariage ? Cette princesse ayant eu au palais impérial de Ravenne, des liaisons trop tendres avec le chambellan Eugène, l'impératrice Placidie l'avait envoyée à Constantinople, auprès de Pulchérie, où elle s'ennuyait à mourir. Dès qu'on fut informé de sa démarche auprès de Attila, elle fut enfermée dans un château. Le roi des Huns, en attendant, avait goûté la proposition d'Honoria : il demandait sa main et un certain nombre de provinces de l'empire pour sa dot. Tandis qu'on tâchait d'éluder ses demandes, il jugea à propos d'épouser, quoique vieux, une jolie petite personne nommée Ildico. Le lendemain de ses noces, il fut trouvé mort dans son lit.

J'ai vu au promontoire de Mysène le dernier des anciens empereurs d'Occident, Romulus Augustule. Il habitait une maison bâtie par Marius, et long-temps possédée par Lucullus, dont elle avait conservé le nom. Il était moins à plaindre de ne plus être empereur, que de n'avoir jamais été fait pour l'être (9).

CHAPITRE III.

Voyages du Juif errant depuis la destruction de l'empire d'Occident au 5e. siècle, jusqu'au règne de Charlemagne.

Le petit royaume que les Francs Saliens possédaient à la moité du 5e. siècle, dans les environs de Tournai, n'était pas tout à fait aussi florissant que la France moderne; et la cour de Childéric, père de Clovis, n'était point tout à fait aussi brillante que celle de Louis XIV. Elle était peut-être néanmoins aussi galante, s'il faut en juger par la reine Basina, qui, sans cérémonie, quitta le roi des Thuringiens, son premier mari, pour aller vivre avec Childéric.

Elle était ingénue et sincère, au point qu'elle me dit à moi-même, sur la place publique de Tournai, qu'en quittant la Thuringe, si elle avait connu dans l'univers un plus bel homme que le roi des Francs, elle n'aurait pas manqué de lui donner la préférence, et d'aller le chercher même au-delà des mers. Il y a loin de ce caractère à celui de la reine Clotilde, sa belle-fille.

Clovis avait donné sa sœur Alboflède pour épouse à Théodoric, roi des Ostrogoths, qu'un sage ministre faisait régner en Italie avec une justice à peu près constante. Il fournissait chaque année quatre cents marcs d'or et vingt-cinq mille briques pour l'entretien des monumens de Rome ; mais la postérité ne lui pardonnera jamais la captivité et la mort du patrice Boétius, tant il est vrai que les princes doivent y penser deux fois avant de maltraiter les honnêtes gens. Un homme comme Boétius, qui avait sur la pointe des doigts Euclide, Archimède, Ptolomée, Platon, Aristote, etc., méritait des ménagemens, quand même il aurait mérité d'être puni. L'ouvrage qu'il composa dans sa prison de Pavie, prouve qu'il savait trouver dans ses lumières et dans ses vertus, des motifs de consolation ; mais, sans doute, il puisait aux mêmes sources un grand éloignement pour l'injustice, pour la précipitation, et pour l'oubli de ces formalités légales que la prudence impose, et qui peuvent seules garantir la punition du crime et le repos de la vertu.

J'ai vu Cassiodore dans sa vieillesse, n'étant plus ministre du roi, et vivant en paix dans sa retraite, en Calabre, entouré de solitaires qu'il employait à traduire des ouvrages grecs, et à copier des manuscrits latins. Ce spectacle m'a frappé. Cassiodore est l'un des grands hommes qui, à mon avis, mérite davantage d'être pris pour modèle; et si jamais je cessais d'être un Juif errant, pour devenir un ministre disgracié, je voudrais aussi me choisir une retraite agréable, y établir une manufacture bibliographique, et m'entourer de traducteurs, d'abréviateurs, de copistes, de secrétaires, de protes et d'imprimeurs, pour mon plaisir et pour l'utilité du public, qui ne serait ou ne serait pas reconnaissant à mon égard.

Il m'est arrivé plusieurs fois d'aller à Constantinople sous le règne de l'empereur Justinien. J'ai vu ce prince au cirque, assister régulièrement aux courses et aux débats des cochers blancs, rouges, verts, bleus, et de tous leurs protecteurs et partisans. Tous ces gens-là troublaient encore plus les spectatcles de

Constantinople, que les claqueurs et les siffleurs ne troublent maintenant les premières représentations aux théâtres de Paris. On ne pouvait voir la belle impératrice Théodora, sans oublier qu'elle était fille d'un gardien des ours au cirque, qu'elle avait été pantomime sur la scène, et qu'elle avait fait, mais non pas gratuitement, toutes les fredaines des Aspasies, des Laïs et des Phrynés, d'heureuse mémoire. Elle ressemblait beaucoup, dans sa figure et dans ses manières, à la marquise de Pompadour, que je me souviens d'avoir vue à Versailles, à Marly et ailleurs.

Bélisaire, pour faire sa cour à l'empereur Justinien, jugea à propos d'épouser, comme lui, une femme sans pudeur et sans mœurs: il fut chercher Antonina dans un certain conservatoire, où l'impératrice avait fait enfermer cinq cents étourdies qu'elle prétendait mettre sur le chemin de la vertu. Plusieurs de ces créatures aimèrent mieux se précipiter dans la mer, que de marcher tristement sur des routes inconnues. D'autres surent se contraindre: Antonina fut de ce nombre. Elle devint dans la suite l'amie intime de Théodora; et lorsque l'empereur eut fait crever les yeux à Bélisaire, elle eut la bonté de le faire couvrir de haillons, et de le faire abandonner dans les faubourgs de Constantinople, où il fut obligé de mendier son pain, sans pouvoir retrouver sa maison. Il avait beau crier, tantôt à tue-tête, tantôt d'une voix plaintive : *donnez une obole au général Bélisaire*, on le prenait pour un fou, on ne lui donnait rien, et il resta dans cette situation jusqu'à la mort d'Antonina, qui, avant d'expirer, avoua la vérité sur le compte de son mari, qu'elle disait auparavant retiré dans une maison de campagne. Telle est l'exacte vérité, que je tiens de bonne part, sur cette affaire : j'ai donné moi-même une obole à Bélisaire mendiant.

En voyant Narsès à la tête de ses troupes, on n'aurait jamais deviné que ce n'était point là un homme comme un autre. Il ne manquait cependant pas d'amour-propre, et il en donna une preuve cruelle, quand, pour se venger de la quenouille qu'on lui avait envoyée de Constantinople, il appela les Lombards : ceux-ci tiraient leur nom de la longueur de leurs javelots. Quand les Italiens les virent arriver, ils se permirent un mauvais calembourg sur leur compte ; ils les nommaient *longues barbes*, et cependant ces barbares n'étaient point barbus, mais ils étaient fort pointilleux ; et pour montrer qu'ils tenaient leur nom comme très-honorable et nullement plaisant, ils se mirent à porter des barbes longues, et à les considérer comme des symboles de leur extraction.

Tandis que l'invasion des Lombards réduisait presqu'à un point mathématique le territoire impérial en Occident, un redoutable adversaire de l'empire romain s'élevait en Arabie. En voyant le jeune Mahomet se promener dans les rues de la Mecque avec la veuve Cadigha, qu'il venait d'épouser, à cause de son argent, je ne pouvais pas encore deviner qu'il aurait joué un aussi grand rôle dans le monde : néanmoins son extérieur prévenait beaucoup en sa faveur, et le montrait supérieur à sa position actuelle. Il avait de grands yeux noirs, des traits réguliers, un regard expressif, l'air ambitieux et entreprenant ; sa démarche était aisée, sa physionomie douce, mais hypocrite. Il m'entendit causer en hébreu, sur la place publique, avec le rabbin Abdiahben Salom, à qui je racontais mon histoire, et qui n'en voulait rien croire. Mahomet s'approcha de nous : il voulait m'engager à lui apprendre la langue hébraïque, mais je n'en avais pas le temps. Le rabbin s'en chargea, et il travailla depuis, à ce que l'on m'a dit, au confectionnement des galimatias de l'alcoran, où je suis fort étonné qu'il ne soit pas question de moi.

Les conquêtes des musulmans furent rapides : fort heureusement il n'y avait pas alors des gazettes en Europe ; sans quoi l'on serait mort de frayeur en apprenant tout au juste ce qui se passait en Asie et en Afrique. Quant à moi, j'étais peiné réellement du triste sort des plus belles provinces de l'empire romain. J'ai déploré surtout la perte de la magnifique bibliothèque d'Alexandrie, qui était placée dans les bâtimens de l'ancien temple de Sérapis : elle était composée de cinq cents mille volumes, qui servirent à chauffer les bains de la ville pendant six mois. On sait qu'elle fut brûlée d'après les ordres du calife Omar, qui déclara qu'elle était inutile, si elle contenait des choses conformes à l'alcoran, pernicieuse, si elle en contenait d'opposées. On eut beau lui observer que la différence n'implique pas l'opposition ; il appelait cela des chicanes, des prétextes, des arguties. Le calife Omar n'était point un protecteur des lettres, et sa logique n'était pas très-rigoureuse : mais peut-on s'étonner des procédés de cet arabe, quand on a vu, comme moi, un délit bibliographique bien plus atroce, commis par l'empereur Léon d'Isaure ? Il y avait à Constantinople un bâtiment octogone, entouré de portiques, avec une bibliothèque publique, et le logement pour treize professeurs de sciences et belles-lettres, attachés à l'établissement. Ceux-ci n'avaient pas cru devoir adopter certaines opinions du monarque, qui résolut de s'en venger d'une manière éclatante : il fit placer pendant la nuit des fagots autour du bâtiment octogone ; on les alluma ensuite, et bientôt les livres et les professeurs furent également la proie des flammes (10).

Tandis que les empereurs de Constantinople s'amusaient, ou plutôt s'ennuyaient à discuter des matières qui n'étaient pas de leur ressort, les différens rois barbares qui régnaient en Occident, s'enivraient, allaient à la chasse, tuaient leurs courtisans, et entretenaient des concubines. J'en ai connu quelques-uns qui étaient affables avec tout le monde, et très-bons vivans. Tel était Childebert, roi de Paris, qui avait donné à la reine Ultrogote, son épouse, un beau jardin, où il avait planté de ses propres mains des rosiers, des chasselas et des pommiers. Tel était encore le roi Dagobert, qui, assis une fois par semaine au-devant de son palais, sur un trône d'or massif, donnait sa main à baiser aux passans. Quand il faisait beau temps, il allait à la chasse dans le bois de Boulogne, ou bien il allait prendre des moineaux sur la butte de Montmartre. Quand il pleuvait, son occupation ordinaire était de faire manger ses chiens, ou bien de jouer à la *mourre* avec son connétable ou son sénéchal. Quand il était bien portant, il allait se promener au pré de Romainville avec la plus jolie de ses concubines. Quand il avait la goutte, on le traînait tout le long de la Seine, sur un charriot attelé de six bœufs aux cornes dorées, depuis la Cité, jusqu'au Louvre, où il avait établi son pavillon de chasse.

Il y avait aussi quelquefois de très-bons rois en Lombardie, et l'on peut citer Liutprand comme le meilleur d'entr'eux, malgré ses pieds d'une longueur telle, qu'elle servit d'étalon pour une mesure linéaire qui s'appelle encore aujourd'hui le pied *liprand*, et qui est aussi longue que mon pas accéléré. Ce prince n'avait point tout son mérite dans les pieds, mais il avait encore un cœur noble et généreux. Informé que deux de ses écuyers voulaient l'assassiner, il se rendit seul avec eux dans un bois, et mettant l'épée à la main, il les engagea à en faire autant, pour exécuter immédiatement leur dessein. Touchés de la magnanimité de Liutprand, ces deux hommes tombèrent à ses genoux, demandèrent et obtinrent leur pardon.

Il serait fort long de dire tout ce que je sais sur Brunehaut et sur cette Frédégonde, dont le nom inspire encore l'horreur. Cependant elle était femme comme une autre; et le comte Landry avait la clef d'un escalier dérobé qui montait chez elle. Le roi Chilpéric trouva le moyen de s'y introduire, et en entrant, il entendit ces consolantes paroles: *Ah! c'est vous, Landry, il y a une heure que je vous attends.* Le pauvre époux fit des observations, et le lendemain il fut poignardé. Toutes les reines de France, dans l'ancien temps, ne ressemblèrent point à Frédégonde; et l'on peut citer avec honneur la reine Berthe au grand pied, femme de Pepin-le-Bref, qui était une maîtresse femme, quoiqu'elle eût un pied plus large que l'autre, et aussi long que ceux du roi Liutprand. Je donne, comme l'on voit, des renseignemens historiques très-précieux (11).

La plupart des reines de Lombardie furent aussi honnêtes que malheureuses: nous citerons, par exemple, la reine Gondeberge, fille de l'illustre Théodolinde, et presque aussi vertueuse que sa mère. Adalulphe, duc d'Albe, un des principaux courtisans du roi Arioald, son époux, devint amoureux d'elle, et lui fit certaines propositions assez lestes. La reine rougit, lui cracha sur la figure, et l'envoya promener. Adalulphe s'essuya le visage avec son mouchoir; et, outré de cette insulte, alla conter des impostures au roi, et lui persuada que sa femme avait des relations intimes avec le jeune Tason, duc de Frioul, qui était un fort beau garçon. Le monarque, crédule et jaloux, fit enfermer immédiatement Gondeberge dans le château de Lomello, près de Pavie, où cette pauvre princesse passa plusieurs années au haut d'une tour, chantant jour et nuit d'une voix glapissante, des romances plaintives qu'elle avait apprises autrefois de sa bonne et d'un chanteur ambulant.

Etant passé par hasard au pied de cette tour, j'entendis les tristes accens de cette reine captive qui était à la fenêtre : et m'étant arrêté, je lui fis comprendre, en m'arrachant les cheveux, que je la plaignais de tout mon cœur. Elle fut saisie à son tour d'un sentiment de confiance, et me jeta des tablettes d'ivoire enduites de cire, sur lesquelles on lisait : *Dagobert, roi des Francs, mon féal et cher cousin, délivrez-moi, je suis innocente.* Je fis connaître par signe, à Gondeberge, qu'elle pouvait compter sur moi, et je me rendis aussitôt à Paris. Comme il pleuvait le jour de mon arrivée, Dagobert était occupé à donner des perdrix et des chapons à ses chiens de chasse, qui les déchiquetaient en un clin-d'œil. Quand on lui annonça un messager de sa cousine chérie, il se leva, et s'adressant à ses chiens : *Messieurs*, leur dit-il, *il n'y a si bonne compagnie qui ne se laisse.* Après quoi, ayant quitté ses favoris, il se retira dans son cabinet, et s'étant assis sur un fauteuil à bras, il me donna audience. Dès le lendemain, il envoya des ambassadeurs au roi de Lombardie, le priant de mettre en liberté sa femme, ou tout au moins de faire une enquête sur sa conduite passée. Alors le comte Piston, gouverneur du château de Lomello, qui était dès long-temps touché des malheurs de la princesse, s'offrit de prouver son innocence par une démonstration mathématique, c'est-à-dire par un duel. Il jeta le gant au duc Adalulphe, qui fut tué dans le combat. Après un argument de cette force, nul ne mit en doute l'innocence de Gondeberge, qui remonta sur le trône, et dit *grand merci* au comte Piston (12).

CHAPITRE IV.

Voyages du Juif errant depuis le règne de Charlemagne, jusqu'au commencement du 13e. siècle.

Je m'estimerai toujours heureux d'avoir connu l'illustre Charlemagne, et je ne puis pardonner, soit à certains romanciers, soit à certains poëtes, la liberté qu'ils ont prise de présenter ce grand monarque comme une espèce de Cassandre : ce sont-là des licences poétiques que je ne puis approuver. Il m'est impossible de prononcer le nom de ce prince sans un sentiment de respect, et sans me rappeler le jour où je le vis ceindre le diadême impérial d'Occident, aux acclamations de tout le peuple romain (13).

L'expérience nous apprend que les filles des grands rois sont presque toutes galantes : il n'est donc pas étonnant que celles de Charlemagne aient eu des liaisons un peu tendres ; mais ce ne fut point avec le secrétaire Eginard, car alors, comme aujourd'hui, les femmes préféraient les gens d'épée aux gens de plume, c'est-à-dire, le gibier à la volaille.

Dans ce temps-là, il y avait déjà beaucoup de juifs en Pologne, et voilà pourquoi j'eus envie d'aller y faire une course. Mais à peine étais-je entré dans le pays, qu'on m'effraya, en me racontant que Popiel, duc des polonais, venait d'être mangé par les rats. Que ne s'était-il entouré de souricières, m'écriais-je ! On voit souvent des monarques qui laissent dévorer leur bien et celui de leurs sujets par des courtisans qu'on pourrait nommer des chats ; mais partout ailleurs qu'en Pologne, on n'a jamais vu des princes mangés par les rats : ceux-ci, dans les autres pays, se contentent de ronger des livres et du fromage.

Les successeurs de Charlemagne tâchaient d'avoir une cour brillante; mais leur grandeur était bien mesquine auprès de ce qu'on voyait à Constantinople. Je n'ai jamais manqué, pendant près de deux cents ans, d'aller passer les trois derniers jours du carnaval dans cette ville, et j'y allais aussi quelquefois dans le reste de l'année. J'y ai acheté la *Bibliothèque* de Photius, le jour même qu'elle fut mise en vente, ouvrage qui devrait être le modèle de tous ceux qui, voulant faire des livres, ne savent comment s'y prendre. On le vendait fort cher, et plus que je n'aurais pu le payer, si je n'avais eu le bonheur de gagner plusieurs paris au cirque.

L'empereur Basile ne pouvait souffrir Photius, et cela, parce qu'il se moquait d'une certaine aventure que ce prince racontait comme authentique, et que je m'en vais répéter comme si elle l'était. Basile, dans sa jeunesse, étant encore homme du peuple, vint à Constantinople, et n'ayant pas une obole dans sa poche, il fut passer la nuit sur l'escalier du sénat. Alors une voix céleste ordonna au portier de faire entrer l'empereur. Le bon-homme ouvrit la porte avec respect, et voyant un personnage du commun couché sur les degrés, il retourna dans son lit; mais bientôt une seconde voix se fit entendre, et un coup de poing appliqué par un bras invisible, mais vigoureux, sur l'épaule gauche du portier, l'obligea d'ouvrir la porte une seconde fois, et de loger le futur empereur (14).

Basile était idolâtre de sa propre grandeur; il tenait prodigieusement aux étiquettes; et un fait dont je fus témoin en est la preuve. Etant à la chasse, un cerf s'élança sur lui, et allait le tuer avec ses cornes, quand un officier du palais, qui était présent, tira son épée, tua le cerf et délivra le prince. Quel fut alors le premier mouvement de Basile? Il s'écria qu'on ne pouvait tirer l'épée en présence de l'empereur, sans commettre un crime de lèze-majesté; en conséquence, il fit périr son libérateur!!!

Les empereurs d'Occident, à cette époque, n'auraient pas été capables d'une telle atrocité. J'ai beaucoup connu l'un d'eux, c'est-à-dire, Charles-le-Chauve, par le moyen de son médecin Sédécias, qui était juif comme moi. C'était un honnête homme, et je suis certain que ce n'est pas lui qui a été capable, comme on le dit, d'empoisonner son maître à Modane, au pied du Mont-Cénis. Je crois plutôt que Charles-le-Chauve fut empoisonné par l'aubergiste du lieu, qui lui donna un mauvais souper. C'est ce qui arrive encore maintenant aux voyageurs qui couchent à l'auberge de Modane ; et presque tous y font de mauvaises digestions, qui les font mourir plus tôt ou plus tard, selon la force de leur estomac.

Charles-le-Gros avait une très-belle femme, dont il était jaloux, et il avait pour favori son chancelier Liutvard, comte de Verceil, homme très-occupé du bien-être de sa famille, et particulièrement de ses neveux. Ceux-ci étaient de plaisans drôles, qui enlevèrent la fille de Bérenger, duc de Frioul, qu'on regardait comme la plus riche héritière du royaume. L'affaire fut assoupie ; mais le duc irrité, voulant se venger, fit croire à l'empereur que sa femme était un peu trop bien avec Liutvard. Aussitôt l'impératrice est reléguée dans le monastère d'Andlau, et le chancelier est dépouillé de sa charge. Mécontent d'un tel résultat, Liutvard se rendit en Allemagne; et, d'après ses conseils, le roi Arnoul se plaça sur le trône au lieu de Charles-le-Gros.

On ne trouve pas le plus petit mot pour rire dans les chroniques du dixième siècle : en effet, c'était alors un vilain temps. J'ai de bonnes raisons pour ne pas parler des galanteries de Théodora et de Marozia, et il ne reste pas grand chose à dire qui puisse intéresser les gens. La ville de Constantinople offrait, à cette époque, autant et plus que les villes modernes, les formes extérieures de la civilisation ; mais le despotisme d'un côté, et de l'autre cet amour-propre national, dont l'excès et le défaut abrutissent également les hommes, avaient donné aux grecs tant de vices, tant de préjugés, tant d'habitudes ridicules et gênantes, qu'un homme de bon sens ne pouvait vivre parmi eux. Il y avait plus de gaîté, et même plus de raison, en certains points, chez les maures d'Espagne ; mais le despotisme y empoisonnait aussi toutes les jouissances, en les rendant incertaines. Dans l'Europe féodale, il y avait plus de liberté, et les serfs y étaient moins tyrannisés en pratique, que les courtisans des empereurs de Constantinople et des califes ; mais l'on ne pouvait tenir à l'ignorance et aux préjugés des gens de guerre, qui ne raisonnaient qu'à coups d'épée. Au surplus, il m'était assez difficile de les fréquenter, car les ponts-levis des châteaux n'étaient jamais abaissés, et l'on ne voyait jamais personne aux fenêtres, attendu que les femmes filaient dans la cour en été, ou auprès de la cheminée en hiver, tandis que les hommes étaient à la chasse ou à la pêche. Tout l'agrément des voyageurs, dans ce temps-là, consistait à parcourir ces nombreux ermitages, où vivaient retirés les seuls hommes qui fussent alors raisonnables, les seuls qui eussent de l'humanité, les seuls qui fussent contens de leur sort : ils exerçaient l'hospitalité avec un empressement dont j'ai souvent profité.

Le plus grand prince du 10e. siècle fut, si l'on veut, l'empereur Othon; mais il ne fut, certes, ni le plus juste ni le plus humain. Je l'ai vu cependant montrer de la sensibilité après la prise de Brescia, lorsqu'il pardonna au marquis Aleran, qui, après avoir enlevé la princesse Adélaïde, sa fille, l'avait conduite sur une montagne près d'Albe, où les deux époux firent pendant dix ans le métier de charbonniers. Au bout de ce temps, le comte d'Albe conduisit Aleran au siége de Brescia, où ses exploits fixèrent l'attention de l'empereur, qui voulut absolument avoir des renseignemens sur sa personne. Aleran finit par avouer son nom et sa naissance. Othon lui pardonna, ainsi qu'à sa femme; il leur donna le marquisat de Montferrat, et Aleran fut, avec Adélaïde, la tige de je ne sais combien de marquis, tous plus illustres les uns que les autres.

Othon II épousa Théophanie, fille de l'empereur de Constantinople; et quoique les grecs fussent très-chicaneurs, elle vécut toujours en bonne harmonie avec son époux. Il n'en fut pas ainsi de sa belle-fille, Marie d'Arragon, femme d'Othon III. Cette princesse aima le comte de Modène, et ne le trouvant pas docile à ses volontés, elle imagina, pour se venger, de le peindre à son mari comme un suborneur. Les empereurs du moyen âge ne voulaient pas être cocus, et le comte de Modène eut la tête tranchée. Sa veuve jeta les hauts cris; elle demanda justice, et accusa l'impératrice de calomnie. L'épreuve du fer ardent décida l'affaire, et Marie d'Arragon fut brûlée sans pitié. Les femmes galantes ne pouvaient point alors avoir impunément la peau fine avec ces maudits fers ardens, qui découvraient toutes leurs peccadilles.

Tel qu'on me voit, j'ai assisté au parlement où Hugues-Capet fut élu roi de France. Il jouissait du comté de Paris et de plusieurs autres fiefs, ainsi que du titre de duc de France, qui lui était commun avec tous les autres ducs français. Il n'avait la tête ni plus grosse ni plus petite qu'un autre, quoi qu'en disent certains modernes qui ne l'ont pas connu comme moi. Le nom de *Capetus*, dérivé du verbe *capio*, signifiait *preneur*, et se rapportait à son ambition. Au reste, il ne fut point considéré par ses contemporains comme un usurpateur; mais on ne le considéra pas non plus comme un monarque héréditaire : il était censé roi électif, comme son grand-père Eudes.

L'un des plus grands hommes du onzième siècle, sous certains rapports, fut sans doute Guillaume-le-Bâtard, duc de Normandie, qui fit la conquête de l'Angleterre. Il était fils de Robert-le-Diable et d'Harlotte, petite bourgeoise de Falaise. Peu de souverains ont volé plus que lui, et ce ne fut ni la justice ni la clémence qui lui formèrent dans son nouveau royaume, un domaine composé de quatorze cents fermes, de sept cents baronies et de six mille deux cent quinze fiefs inférieurs (15).

Il m'est arrivé de rencontrer dans une forêt de la Normandie Robert, fils du roi Guillaume. Il était encore enfant, et s'amusait avec un faucon. Si vous étiez un oiseau, lui demandais-je, voudriez-vous être un dindon, un paon ou un rossignol? Nenni, répondit-il, je voudrais être un faucon, car ce noble oiseau est le favori des dames, des chevaliers et des rois. Cette prédilection que le fils d'un conquérant témoignait pour un animal de proie, me parut assez plaisante.

Les seigneurs n'allaient jamais alors à la promenade sans avoir un faucon sur le poing. Il en était de même des dames, qui inventèrent les gants tout exprès, afin de ne pas être égratignées par l'animal qui était perché sur leurs petites menottes, quand elles allaient à la chasse, montées sur des haquenées, et précédées de pages qui faisaient un tintamarre épouvantable avec leurs cornets d'ivoire.

On rencontrait à cette époque, dans tous les coins de l'Europe, des chevaliers errans, tous plus comiques les uns que les autres. J'en ai vu un qui s'était fait faire une chlamyde avec la robe de sa belle, et une ceinture sur laquelle il avait écrit : *seule force d'amour*. J'en ai rencontré un autre qui dans le cœur de l'hiver était vêtu d'une casaque de serge, et portait pour devise : *Ki sert boine amor, ne crains la froidure.*

Il ne faut pas croire que tous les jeunes seigneurs de ce temps-là fissent le métier d'aller parcourir les châteaux, et de se quereller en route avec les passans. Les chevaliers errans répondaient alors aux oisifs, aux parasites d'aujourd'hui, à ceux qui parcourent les maisons de campagne pour s'ennuyer eux-mêmes, et pour ennuyer les autres. Ces anciens chevaliers n'étaient ni aussi courtois, ni aussi magnanimes qu'on le dit : ils étaient jeunes, bien faits, et voilà tout. Il y avait de la franchise, de la loyauté, de la générosité dans les mœurs de la noblesse du moyen âge ; mais ces belles qualités ne dominaient, ni dans les aventuriers, ni dans les dames qui avaient des bontés pour eux ; ou, pour mieux dire, ce n'est point dans ces romanesques personnes que ces qualités dominaient d'une manière plus éminente.

Chez la plupart des chevaliers errans, il y avait plus de débauche que de galanterie : celle-ci régnait davantage parmi les femmes, et surtout dans les pays où, vivant enfermées dans les châteaux, la monotonie de leur existence et la solitude concentraient leurs affections. En général, elles recevaient dans leur enfance les principes d'une vertu austère ; par conséquent, il fallait toujours beaucoup insister, et souvent pour avoir peu de chose ; par conséquent, peu de chose paraissait beaucoup : de là naissait la galanterie qui est l'enfantillage, ou, pour mieux dire, la niaiserie de l'amour.

Je me souviens d'avoir eu, en fait de galanterie, une espèce d'altercation avec la célèbre Gabrielle de Vergy, qui m'avait donné l'hospitalité dans son château, et à qui le sire de Fayel avait donné la permission de causer tête à tête avec moi, tandis qu'il allait faire décrotter ses bottes. Je venais du château de Coucy, et je savais que le jeune Raoul avait depuis longtemps le malheur d'être dominé par un sentiment de faiblesse pour la susdite dame Gabrielle. Je voulus la questionner, et cette jeune personne se mit à parler du sire de Coucy d'une manière railleuse et méprisante. Ce ton me choqua, et je ne le trouvais pas naturel. En faisant de nouvelles questions, je m'aperçus que le sire de Fayel tenait beaucoup à ce qu'il n'y eût aucune espèce de relation galante ou semi-galante entre Raoul et sa femme. Au fond, le sire de Fayel avait raison, et Gabrielle de Vergy devait seconder les intentions de son époux. Mais l'un et l'autre avaient tort, dans la méthode adoptée, pour ramener le sire de Coucy à cette indifférence qui, sous tous les rapports possibles, devait l'animer pour les châtelains de Fayel. En effet, l'ennui était le principal mobile de l'amour du sire de Coucy. Son précepteur lui avait autrefois défendu de faire la cour aux soubrettes de sa mère et aux petites villageoises du canton. Il n'y avait point d'autre château proche du sien, que celui de Fayel. Vouloir l'en exclure, c'était le livrer toujours plus à son ennui, et il n'est personne qui ait le cœur aussi tendre que les gens qui s'ennuient.

Je pris donc la liberté d'adresser quelques observations aux châtelains de Fayel ; je leur fis sentir que l'absence éteint les petites passions et fomente les grandes. Je n'hésitai point à leur dire qu'ils étaient la cause de la faiblesse du sire de Coucy et de sa longue durée. Comment ! s'écria Fayel. Ah ! voilà qui est plaisant ! s'écria Gabrielle de Vergy ; je n'ai jamais octroyé à Raoul aucune faveur, ni majeure, ni mineure ; et puis-je l'empêcher d'avoir l'extravagance de m'aimer, ajouta-t-elle ? Madame, lui dis-je, le sire de Coucy vous aime bien malgré lui, parce que des gens bien ou mal informés vous ont peinte à son imagination comme une personne fort aimable. Songez qu'il y a long-temps qu'il ne peut plus en juger par lui-même ; songez qu'il n'a jamais fréquenté le château d'aucune autre dame : ces deux circonstances prêtent à l'illusion. Mais si, par hasard, vous n'êtes pas aussi aimable qu'on l'a dit au sire de Coucy, que ne l'appelez-vous ici pour redresser sa manière de concevoir les choses ? Croyez-moi, madame, les hommes font souvent des déclarations par désœuvrement, et non par d'autres motifs. Il faut qu'une jeune femme ne s'en fâche pas, qu'elle ne les évite pas, qu'elle n'en fasse pas un sujet de sarcasme, mais en même temps qu'elle n'en soit point flattée, qu'elle les reçoive avec une indifférence polie et naturelle. Si un jeune homme s'aperçoit qu'on écoute ses déclarations ni plus ni moins que s'il débitait un conte de fées, il n'en fait plus, n'y trouvant pas assez de plaisir pour s'en donner la peine. Voilà ce qui serait arrivé depuis long-temps, si Raoul était revenu au château de Fayel; car je suis persuadé que si vous aviez occasion de vous connaître tout à fait mutuellement, vous trouveriez que vous n'êtes pas faits l'un pour l'autre, et que vos caractères véritables ne sympathisent point. Raoul a besoin d'avoir une grande passion, parce qu'il est jeune et d'un caractère sensible; il a besoin d'aimer une femme en particulier, parce que ses habitudes vertueuses l'empêchent d'aimer toutes les femmes en général; il a besoin de cacher l'amour à ses propres yeux sous l'apparence de l'amitié. Ce n'est pas les autres qu'il veut tromper, mais il a besoin de se tromper lui-même; il a besoin de mêler quelque chose de parfait à ses imperfections mêmes. Si vous persistez à l'éloigner du château de Fayel, il s'imaginera que votre personne est propre à remplir le vuide de son ame; son esprit lui présentera une Gabrielle fantastique qui ne ressemblera en rien à votre seigneurie. Bien plus, si vous faites semblant de le mépriser et de vous moquer de lui, l'amour-propre fomentera l'amour dans son ame ; il sera animé d'un vif désir de conquérir votre estime et votre considération ; il ne pourra supporter qu'on croie dans le monde qu'il est incapable d'exciter au moins la bienveillance, quand il le veut. Le sentiment de ce qu'il est, lui fera croire que vous le méprisez uniquement, parce que vous ne le connaissez pas, et son amour-propre lui donnera le besoin impérieux de faire partager cette conviction aux autres. Pourquoi intéresser à la fois son cœur et sa vanité ? Raoul est né pour faire un genre de vie bien différent de celui que les circonstances, des principes austères et des habitudes d'enfance lui imposent. La contrainte étant dès long-temps son état habituel, son tempérament en a souffert : il est dominé par une noire mélancolie qui affaiblit également son ame et son corps, et qui n'a besoin que d'un prétexte pour dégénérer dans une douleur affreuse, cuisante, qui pourra l'entraîner en peu de temps au tombeau. Pourquoi voulez-vous lui fournir un tel prétexte? Sans doute, si vous lui ôtez tout sujet de chagrin dans ce qui vous concerne, il s'en forgera un autre ; il aimera peut-être avec passion et sans succès une autre femme ; mais au moins vous aurez le plaisir de ne pas être la cause occasionnelle et objective de ses malheurs et de ses tourmens; vous laisserez ce soin à d'autres, et vous vous réserverez celui de le consoler. Croyez-moi donc, et si vous suivez mes conseils, vous vous épargnerez des regrets.

Le sire de Fayel, impatienté de mes remontrances, me pria brusquement de continuer mon chemin. Gabrielle de Vergy était allée précédemment s'habiller pour un tournoi qu'elle n'eût pas voulu manquer pour tout au monde. J'appris ensuite que le sire de Coucy était parti pour les croisades, et qu'il avait rencontré dans toutes les villes de l'Orient et de l'Occident, des Gabrielles, des Julies, des Agathes, des Amélies, des Clotildes, des Fannys, des Carolines, toutes plus gentilles, plus jolies et plus tendres que la dame de Fayel, dont elles effacèrent le souvenir. Il est vrai que Raoul lui envoya un cœur, mais ce n'était pas le sien; il l'avait acheté d'un turc qui en avait deux, et qui lui en céda un, moyennant un panier de dattes. Il est vrai que Fayel le fit mettre à la broche, et servir tout rôti sur sa table. Mais Gabrielle ne mangea ce jour-là qu'un potage et une omelette : oncques cette femme ne mangea le cœur de personne; oncques ne mourut de douleur. Raoul ne savait haïr personne; il pardonnait toujours à ses ennemis : il ne conserva pour la dame de Fayel ni amour, ni haine, ni amitié; seulement il fut humilié profondément tout le reste de sa vie, d'avoir tant aimé une femme qui n'était pas née pour être une héroïne de roman (16).

Ceux qui blâment les croisades sur la parole de messire Arouet, dit Voltaire, n'ont pas vu, comme moi, que ces expéditions, en apparence offensives, étaient défensives en réalité. Les Sarrasins avaient leurs avant-postes en Espagne, dans les îles de la Méditerranée, et sur les côtes du royaume de Naples. Sans les croisades, ils auraient conquis toute l'Europe, et ils auraient enfermé dans leurs sérails toutes les dames châtelaines.

J'ai accompagné les croisades à Constantinople, et même je ne sais comment la princesse Anne Comnène me chargea d'un billet doux pour Boëmond, prince de Tarente. J'étais sur la place de Tyr, lorsque le vaillant Conrad, marquis de Montferrat, fut tué par l'un des soixante mille sicaires du Vieux de la Montagne. Philippe-Auguste, roi de France, établit alors auprès de sa personne une garde de douze cents hommes; mais les sicaires affrontaient tous les obstacles, dans l'espérance d'arriver, après leur mort, dans un Élysée, où il devait y avoir, selon ce qu'on leur disait, soixante-dix mille prairies, couleur de safran, avec soixante-dix mille palais de nacre, des salons d'or, des galeries de topaze, des fontaines de lait, et de myriades de jolies femmes.

En revenant d'Orient, le hasard me fit passer près de la tour de Losemsten. J'appris que Richard-Cœur-de-Lion, roi d'Angleterre, y avait été enfermé, après avoir été arrêté en route par Léopold, marquis d'Autriche. Je me rendis à Londres, où personne ne voulut prêter foi à mon récit : néanmoins un certain Blondel, musicien de la cour, se déguisa en pélerin, vint en Allemagne avec moi, et nous arrivâmes au pied de la tour. Il se mit à commencer une chanson langoureuse, que le roi avait composée lui-même avant son départ, et dont Blondel seul avait connaissance. Richard n'eut pas plutôt entendu ces accens, qu'il se mit à chanter les derniers couplets. Assurés ainsi de l'existence du roi dans cette tour, nous lui fîmes entendre une autre chanson, dont le refrain était : *patience*, *patience*. Ensuite nous revînmes à Londres ; et à la suite d'une négociation diplomatique en règle, Richard fut racheté, moyennant deux cent cinquante mille marcs d'argent. Blondel fut créé lord-chancelier du royaume, disent les uns, orateur de la chambre des communes, disent les autres; et l'on eut soin d'attribuer à lui seul le succès de la délivrance de Richard, dont j'étais le véritable auteur.

Dans mes excursions au de-là des Pyrénées, j'ai assisté, en Portugal, à la diète de Lamego, où fut proclamée l'ancienne constitution portugaise, qui est maintenant en repos dans le garde-meuble de la couronne. J'ai vu poignarder en Castille une pauvre petite juive que le roi Alphonse IX aimait un peu trop. En traversant la Navarre, j'ai connu le rabbin Benjamin de Tudela, et je lui ai donné sur toutes les synagogues du monde des renseignemens précieux, que j'avais pris par moi-même, et qu'il se chargea de faire connaître à la postérité (17).

Je me souviens très-bien d'Héloïse, ainsi que d'Abélard, que j'ai vu au Paraclet, où il me donna, pour porter à sa maîtresse, une lettre remplie d'expressions si brûlantes, qu'elles m'écorchèrent les mains. J'ai eu beau questionner ces deux créatures, je n'ai pu me former une juste idée de leur caractère, et je crains bien que les modernes n'aient pour ces gens-là plus d'estime qu'ils n'en méritent. Je conçois bien, si l'on veut, qu'Abélard ait enseigné à son écolière plus qu'il ne devait lui apprendre. Ce qui serait un crime atroce de sang-froid, devient, dit-on, une faute moins grave quand il y a enthousiasme réciproque. Probablement l'oncle Fulbert n'aurait pas consenti à un mariage légitime entre le pédagogue et la belle Héloïse, qui était d'une naissance illustre. Mais pourquoi, après avoir été complaisante et enlevée, cette amoureuse personne refusa-t-elle d'épouser son amant? Pourquoi, après le petit accident survenu à celui-ci, regarda-t-elle comme inutile de vivre avec lui? Pourquoi, placée à la tête d'une maison de vierges, fit-elle trophée de ses anciennes faiblesses, en faisant porter à son ermitage le corps d'Abélard (18)?

CHAPITRE V.

Voyages du Juif errant depuis le commencement du 13e. siècle, jusqu'au règne de l'empereur Charles-Quint.

Le séjour de l'Italie me paraissait, au 13e. siècle, préférable à celui des autres pays. Comme je n'étais ni Guelphe, ni Gibelin, on ne m'inquiétait nulle part, et je profitais partout des agrémens de la vie. Ce pays était parvenu à un tel point de civilisation à cette époque, que si l'art typographique avait existé alors, tout le monde aurait la preuve que, sur plusieurs points, les italiens de ce temps étaient plus avancés qu'on ne l'est aujourd'hui dans toute l'Europe. Les idées qu'on appelle maintenant libérales, leur étaient familières, et peut-être l'étaient-elles beaucoup trop parmi eux.

Parmi les villes italiennes du moyen âge, on distinguait Modène et Bologne; elles étaient voisines, et se haïssaient, par conséquent, le plus cordialement du monde. Un beau jour, la nouvelle se répand à Modène qu'une troupe de bolonnais, armés jusqu'aux dents, est aux portes de la ville. Le beffroi de la commune appelle aussitôt les habitans aux armes; tout le monde se rend sur la place, où le podestat, nommé messire Laurent Scotti, avait fait déployer l'étendard de la république. Le commandement des troupes fut donné au comte Galéas Pic de la Mirandole, jeune gentilhomme d'une haute naissance et d'une valeur à toute épreuve. Polixène, sa sœur, n'était pas moins courageuse. Elle était d'une beauté incomparable, et son zèle patriotique était si ardent, qu'on la vit arriver sur la place, à la tête de cent demoiselles vêtues comme elle en amazones, armées de pied en cap, et témoignant la plus grande impatience d'aller briller au champ de la victoire. Un tel aspect électrisa tous les guerriers, et leur inspira une pleine confiance. Le comte de la Mirandole en profita pour faire sortir l'armée modénaise hors de la ville. Il en était temps, car les ennemis étaient au moment d'emporter les avant-postes.

Dès que le comte Galéas fut arrivé auprès des bolonnais, il fit des exploits mémorables. Maître Galasse le Barbier fut tué de sa main; il coupa le nez au frère d'un célèbre professeur, doyen de la faculté de médecine; et ses soldats ne se distinguèrent pas moins, car l'histoire nous apprend que l'inventeur des saucissons de Bologne périt dans la mêlée.

Le podestat se comporta aussi fort honorablement dans cette journée, à la tête de l'arrière-garde; et, sans nous perdre dans les détails, on peut dire, en un mot comme en cent, que la défaite des bolonnais fut complète, et qu'ils furent poursuivis jusqu'aux portes de leur ville. Ils se hâtèrent d'y entrer, et se placèrent sur les murailles pour les défendre; mais voyant qu'ils n'étaient pas attaqués, ils allèrent se coucher. L'armée modénaise en fit autant, à l'exception d'un petit corps de cavalerie, qui voulut bivouaquer sous les murs de Bologne, au pied d'un certain puits, où il y avait une cruche suspendue à une corde, à l'usage des passans. Quelques jeunes gens proposèrent de l'emporter à Modène, pour qu'elle servît à conserver la mémoire des glorieux succès qu'on avait obtenus, et la cruche fut emportée.

Quand les cavaliers, en revenant, furent arrivés sur les bords de la Samoggia, ils envoyèrent une estafette en ville, pour prévenir la commune de leur retour, et du trophée qu'ils portaient au haut d'une pique.

Aussitôt les magistrats décidèrent qu'il fallait rendre honneur aux braves. Le podestat se mit en marche avec sa belle robe d'écarlate et son bonnet de velours noir : il était entouré des anciens de la ville et des huissiers ; un page portait devant lui une épée nue, et le comte Hector de Villefranche marchait à ses côtés, portant l'étendard de la république. Les autorités municipales étaient escortées par une compagnie de cuirassiers, et la marche était ouverte par cinquante jeunes filles vêtues de blanc, qui portaient dans leurs paniers des fruits et des confitures, pour offrir aux plus hardis parmi les vainqueurs.

Les cavaliers ne tardèrent pas à paraître. Spinamont du Four portait la cruche, qu'il remit respectueusement au podestat. Elle fut enfermée dans une tour, attachée avec des chaînes de fer ; et je puis affirmer que c'est la même qu'on y montre encore à ceux qui sont curieux d'admirer cette illustre dépouille, comparable, sous tous les rapports, à la toison d'or, péniblement conquise par les Argonautes.

Trois jours après l'entrée triomphale dont je viens de parler, on vit arriver à Modène deux députés de la commune de Bologne, savoir : le docteur Marcellus, jurisconsulte, et le comte Rodolphe Campeggio, qui vinrent demander la paix, avec la restitution de la cruche, comme condition, *sine quâ non*, du traité. Ces deux propositions furent examinées, la seconde jugée inadmissible, et les envoyés s'en retournèrent. Bientôt après, survint le docteur Baldo Baldi, avec de nouveaux pouvoirs de la république de Bologne, offrant la cession d'une forêt, pour racheter la cruche : tant il est vrai qu'alors on préférait la gloire aux richesses !

Le conseil municipal de Modène, après avoir mûrement discuté cette nouvelle proposition, y consentit, à condition que les bolonnais viendraient eux-mêmes prendre la cruche dans la tour où elle était déposée. Baldo Baldi s'en retourna pour demander des instructions sur cette clause du traité. Le lendemain, on vit arriver à Modène un hérault bolonnais, qui afficha une déclaration de guerre à la porte de l'hôtel-de-ville, pour avoir lieu, dans le cas que la cruche ne serait pas rapportée où elle était, dans l'espace d'un mois.

Les modénais étaient altiers : certains motifs de haute politique les portaient à désirer la guerre ; car dans ce temps-là, il y avait souvent de quoi pêcher en eau trouble. Ils résolurent de garder la cruche, et de se préparer au combat. Ils levèrent des troupes ; ils envoyèrent les diplomates plus habiles du pays, dans les villes voisines et auprès de l'empereur Frédéric II, pour obtenir du secours.

Bientôt l'on apprit à Modène que des troupes alliées allaient arriver en grand nombre. Le podestat s'empressa de convoquer tous les vassaux de la république dans un pré, sur les bords du Panaro, et tous s'y rendirent aussitôt. Là voyait-on le comte de Culagne, grand amateur du beau sexe, grand bavard, qui parlait sans cesse de ses exploits, et qui était un poltron, conduisant avec lui deux cents maraudeurs ; là voyait-on Irénée de Montecuccoli, sire de Montalban, avec sept cents hommes ; Camille du Four, qui en avait mille ; et Hugolin Novello, qui en avait six cents. On distinguait parmi les autres bannerets, Hugues de Castelvetro, Zacharie Torsabecchi, sire de Carpi, porté dans une litière, à cause de son grand âge; le comte Albert de Saint-Césaire, jeune et gentil chevalier, etc , etc.

Pendant que les châtelains et les communautés qui obéissaient à la ville de Modène, se réunissaient successivement au lieu indiqué, on y vit arriver, d'un côté, les milices de Crémone, et de l'autre, un corps de six mille fantassins et de deux mille cavaliers, sous les ordres d'Entius, roi de Sardaigne, fils naturel de l'empereur Frédéric II.

L'armée combinée des puissances alliées se rendit d'abord sous les murs de Castelfranco, pour en faire le siége. Pascal Ferrari, faisant fonctions de grand-maître de l'artillerie, avait à sa disposition mille arbalêtriers, cent charriots et vingt-deux ingénieurs. Il avait à peine commencé ses opérations, qu'on fut informé d'une incursion faite par les habitans de Reggio sur le territoire de Modène, vers le château de Rubiera. Le podestat envoya aussitôt de ce côté-là cinq mille hommes commandés par le comte Galéas Pic de la Mirandole, et quatre mille parmesans auxiliaires, commandés par Gilbert, sire de Correggio.

Les ennemis, qui avaient à leur tête le comte de Saint-Donino, et Gui de Canossa, avaient déjà emporté Rubiera; mais ils furent obligés de capituler et d'évacuer la place. Le podestat, de son côté, s'empara de Castelfranco.

Cependant l'armée de Bologne s'avançait, forte du contingent de plusieurs villes voisines. Trois mille pérugins y étaient avec le capitaine Coppoli; six mille milanais avec Galéas de la Tour; cinq mille florentins avec Avérard Cavalcanti; trois mille ferrarais avec Borse Bevilacqua; Malatesta, l'amant de la belle Francesca, conduisait deux mille soldats de Rimini; Fracasse Manfredi avait six cents cavaliers de Faenza; Gui de Polenta conduisait les hommes de Ravenne; Maynard de Susinana, ceux de Césène; Pierre Pagano, ceux d'Imola, etc., etc.

Les troupes auxiliaires de l'armée bolonnaise formaient l'avant-garde. On voyait marcher ensuite un charriot magnifique, où l'on avait planté l'étendard de la république, au pied duquel était gravement assis dans un énorme fauteuil le podestat de Bologne. Cent chevaliers, à la tête desquels était messire Antoine Lambertino, marchaient autour du charriot, tellement chargé de trophées et de bannières, que douze bœufs étaient employés à le traîner. Vingt-six mille soldats bolonnais marchaient ensuite, sous les ordres du comte Taddeo Pepoli. En voyant de tels préparatifs, on était presque tenté d'oublier qu'il s'agissait d'une cruche.

Les deux armées se trouvèrent bientôt en présence: elles se rangèrent en bataille, d'après le systême des meilleurs tacticiens, et les trompettes donnèrent le signal du combat. On ne pouvait se lasser de distinguer parmi tant de héros le jeune roi Entius, âgé à peine de 19 ans, qui, avec sa belle casaque de pourpre, parsemée d'aigles d'or, fixait tous les regards. Sa valeur n'était pas moins grande que sa beauté; mais malgré l'une et l'autre, il se trouva dans la mêlée, entouré de plusieurs chevaliers bolonnais, parmi lesquels on distinguait Pasotto Fantucci, Eustache Opizzono, et Jules Gozzadino. Après une défense héroïque, le jeune prince fut obligé de se déclarer prisonnier. Cet événement enhardit puissamment les bolonnais, et leurs adversaires commencèrent à plier de tous les côtés : c'est pourquoi le comte de Culagne prit le parti de s'enfuir à toutes jambes, et il fut jeter l'effroi dans la ville de Modène, en criant à tue-tête : *Tout est perdu.*

L'amazone Polixène et ses compagnes n'étaient point alors au camp : le podestat l'avait expressément défendu; et, en effet, toutes ces jeunes filles auraient été tant soit peu compromises au milieu d'une multitude de jeunes chevaliers très-galans et très-malins. Mais quand elles apprirent que la patrie était en danger, rien ne put les retenir : elles jetèrent leurs quenouilles, elles prirent les armes, elles s'élancèrent hors des portes de la ville, elles ramenèrent les fuyards au combat. Les efforts des belles guerrières furent tellement heureux, que les vainqueurs furent à leur tour vaincus. On se détermina de part et d'autre à un armistice de dix jours. Les bolonnais en profitèrent pour envoyer au camp ennemi le docteur Marescotti et le chevalier Barzellino, chargés de proposer un échange entre la cruche et les prisonniers, qu'on s'engageait à rendre tous, à l'exception du roi Entius.

Cette proposition méritait un examen sérieux ; et pendant que le podestat de Modène s'y livrait avec ses conseillers, les deux envoyés se rendirent dans la tente de Polixène. Cette jeune personne avait auprès d'elle tous les barons, bannerets et bacheliers de l'armée. Ils jouaient au loto, à un liard le jeton ; mais quand les deux diplomates survinrent, on voulut leur procurer un amusement plus recherché. On fit d'abord quelques charades et quelques proverbes ; ensuite on fit venir un certain aveugle qui avait une belle voix et même un bon violon. Il se mit à chanter les équipées d'Endymion et de la déesse des bois, en y ajoutant un petit épisode de sa façon ; savoir : que Diane, dépitée de sa propre faiblesse, obtint du grand Jupiter que désormais seulement cinq femmes sur cent seraient insensibles quand elles le voudraient.

Polixène fit alors certaines grimaces d'impatience, ordonnant à l'aveugle de chanter plutôt les louanges des femmes vertueuses, telles que Zénobie ou Lucrèce. Le chantre promit d'obéir ; mais avant de louer l'illustre romaine, il voulut, pour motiver ses éloges, raconter les espiégleries du jeune Tarquin, avec tant d'exactitude, que les amazones furent obligées de le prendre par les épaules et de le chasser.

Polixène était d'une sagesse héroïque, quoiqu'elle eût des milliers d'adorateurs. On comptait parmi eux le comte de Culagne, qui néanmoins était marié avec une fort jolie femme nommée Clotilde : c'est pourquoi Polixène s'amusait souvent à lui dire qu'elle l'aurait épousé volontiers, s'il n'avait pas déjà été marié.

Il n'en fallait pas tant pour décider M. de Culagne, qui n'était pas très-scrupuleux. Il résolut, pendant les loisirs de la trève, d'empoisonner sa femme, et il fit confidence de ce beau projet au comte Albert de Saint-Césaire, qui était par hasard l'amant heureux de Clotilde. Culagne s'adressa ensuite à l'apothicaire en chef de l'armée, pour avoir de l'opium; et l'ayant obtenu, il courut immédiatement à Modène. Il fit aussitôt tous ses préparatifs; mais sa femme, instruite par un billet du comte Albert, trouva le moyen de faire prendre à Culagne le flacon de vin où il avait jeté la drogue, dont le sage pharmacien n'avait donné qu'une dose soporifique.

L'époux ne tarda pas a s'endormir. Clotilde prit son cheval et un habit d'homme, moyennant quoi, elle se rendit auprès du comte de Saint-Césaire, et lui témoigna, autant qu'il était en son pouvoir, son amour et sa reconnaissance.

Au bout de vingt-quatre heures et un quart, Culagne s'éveilla; et, tout confus du mauvais résultat de son empoisonnement, il descendit dans son écurie, et n'y trouva point son cheval: il monta dans sa chambre à coucher, et n'y trouva point sa femme. Instruit alors de son évasion par la portière de l'hôtel, il se rendit au camp, et vint précisément conter ses malheurs au comte Albert de Saint-Césaire, qui avait Clotilde auprès de lui depuis vingt-quatre heures. Elle était vêtue en jockei africain : elle avait coupé ses cheveux, elle avait rougi ses lèvres, elle avait noirci sa peau avec je ne sais quel ingrédient. Culagne ne devina rien, fit compliment à son ami sur le joli petit maure, lui conseilla d'en avoir grand soin, et de le garder long-temps. Albert et son jockei n'auraient pas demandé mieux ; mais le podestat, informé du scandale, fit conduire madame de Culagne chez elle, fit mettre aux arrêts le comte de Saint-Césaire, et permit à tout le monde de rire aux dépens du pauvre mari.

En attendant, le conseil de Modène avait décidé que le roi Entius seul était d'un aussi grand prix que la cruche, et qu'on n'avait que faire des autres prisonniers. Sur cela, les ambassadeurs de Bologne se retirèrent, et la trève étant expirée, on allait recommencer les hostilités, lorsqu'on vit arriver un médiateur qui fut enfin plus heureux que les autres. La république de Venise, après une mûre délibération du grand-conseil, du conseil des *Pregadi*, du conseil des dix, des sages de terre-ferme et autres, chargea le procurateur Pantalon Bragadino de négocier la paix entre les puissances belligérantes.

Cet éminent personnage parvint d'abord à conclure un mariage entre Polixène de la Mirandole, qui était nièce bien-aimée du podestat de Modène, et le fils aîné du podestat de Bologne, jeune et beau garçon, doué de toutes les belles qualités d'un chevalier preux et courtois. Ce rapprochement entre les chefs des deux républiques amena un traité de paix qui fut signé sous la médiation de Pantalon Bragadino.

La cruche demeura en toute propriété à la ville de Modène, qui s'engagea à laisser le roi Entius en prison. Il y resta effectivement jusqu'à sa mort, n'ayant pour adoucir sa captivité, que les soins d'une certaine fillette......... et voilà pourquoi l'illustre famille Bentivoglio vint au monde, oblique et unique rejeton de la maison de Souabe (19).

La transaction diplomatique étant conclue, les deux armées rentrèrent dans leurs foyers. Les noces de Polixène furent célébrées à Modène, et l'on y dansa pendant trois jours et trois nuits. La comtesse Clotilde valsait avec Albert de Saint-Césaire, et le podestat dansait fort joliment le menuet. Quand on eut le temps de s'occuper de choses sérieuses, on distribua des gâteaux aux soldats qui s'étaient distingués davantage, et le comte de Culagne fut créé gouverneur perpétuel de la cruche.

Telle est l'histoire véridique de la guerre de

Modène, que le poëte Alexandre Tassoni a décrite un peu différemment, parce que les enfans d'Apollon ont le droit de mentir à leur gré. J'ai pris plaisir à raconter longuement cette histoire, parce qu'elle sert à faire connaître les mœurs des républiques italiennes.

Ceux qui aimaient les mœurs monarchiques, trouvaient, en Italie, au 13e. siècle, de quoi se contenter à la cour brillante que l'empereur Frédéric II tenait à Naples. On pouvait louer les vers de ce prince sans mentir, car ils étaient très-bons; on pouvait louer aussi bien d'autres choses en lui; mais pour approuver sa conduite en tout point, il fallait avoir une conscience aussi robuste que celle de messire Pierre des Vignes, son chancelier. Cet homme était né dans les dernières classes du peuple, et il fut du nombre de ceux qui, en semblable circonstance, aiment, par orgueil, à renverser tout ce qui, dans leur jeunesse, a été au-dessus d'eux. C'est pourquoi il tâcha, comme bien d'autres ministres parvenus, d'inspirer au monarque qu'il servait, l'amour du despotisme. Frédéric croyait messire Pierre des Vignes très-zélé pour son autorité, et il ne s'apercevait pas qu'il était seulement dominé par une haine violente contre l'ancienne noblesse du royaume, dont l'existence choquait sa vanité (20).

J'ai failli être assez heureux pour empêcher les vêpres siciliennes. Je savais fort bien qu'un provençal nommé Droguet faisait la cour à la maîtresse de Jean de Procida et j'avais un pressentiment que cette intrigue tournerait mal. J'ai fait l'impossible pour engager Droguet à venir avec moi en Provence : il s'y refusa, et le lendemain de mon départ, il fit à cette femme, sur la place de Palerme, certaines gentillesses qui provoquèrent le massacre de tous les français qui se trouvaient en Sicile.

Après l'Italie, la Provence était à cette époque le pays que j'aimais le mieux : on ne vivait nulle part plus tranquille, et l'on s'y amusait beaucoup. J'y ai connu des milliers de troubadours, de trouvères, de ménestrels et de jongleurs. J'ai assisté plusieurs fois aux cours d'amour qui se tenaient sous l'ormeau du château de Romanin, et j'y ai entendu l'oraison funèbre du troubadour Geoffroi de Rudel, qui s'était embarqué tout exprès pour aller mourir sur les côtes de Tripoli, aux pieds de la belle Melisende, qu'il n'avait jamais ni vue ni connue, et pour laquelle il brûlait néanmoins de l'amour le plus ardent.

J'ai assisté à Toulouse aux séances du collége de la Gaie-Sapience, et j'ai vu un jeune bachelier de l'université de Montpellier y soutenir une thèse sur la différence qu'il supposait exister entre ce qu'il appelait l'amour expérimenté et l'amour novice. Dans l'un, disait-il, il y a type déterminé, quant à l'entendement; il y a réminiscence, quant à la mémoire; il y a inclination précise, quant à la volonté. Mais tout est vague, ajoutait-il, dans l'autre : le type n'y existe pas, la réminiscence encore moins : l'inclination s'y trouve un sentiment indéterminé, dont celui qui l'éprouve ne connaît ni l'objet ni l'effet. Dans l'amour expérimenté, continuait-il, l'amant veut éteindre sa passion, tandis qu'il ne veut que la nourrir dans l'amour novice, se contentant, pour cela, des alimens les plus niais et les plus ridicules; plus honteux, dans la suite, d'en avoir fait ses délices, que le genre humain ne l'est, à cette heure, d'avoir autrefois mangé des glands. *Ergo*, disait le docte bachelier, il peut y avoir dans l'amour expérimenté une innocence extrinsèque dans la volonté, mais non ailleurs; tandis que dans l'amour novice, il y a innocence intrinsèque et extrinsèque, dans l'entendement; *item* dans la mémoire, *item* dans la volonté, *item* dans tout le reste de l'individu.

On conçoit sans peine qu'après un tel galimatias, les mainteneurs de la Gaie-Science donnèrent au bachelier toutes les violettes, toutes les églantines, toutes les tulipes, toutes les giroflées, toutes les anémones, toutes les oreilles-d'ours, soit en or, soit en argent, qui étaient à leur disposition. Excité, à une telle vue, par un noble enthousiasme, je voulus aussi hasarder quelques mots sur la théorie de la galanterie; car pour la pratique, j'aurais peut-être été assez embarrassé d'en parler. Je voulus tracer, en forme d'élégie, le portrait d'un jeune amant malheureux de ma connaissance, jeune homme d'un caractère beaucoup trop vif, beaucoup trop sensible, beaucoup trop irritable, devenu, par la combinaison de plusieurs circonstances, profondément mélancolique en réalité, et misantrope en apparence. Je voulus démontrer qu'avec un tel caractère, et dans une certaine position, on peut être malheureux sans le mériter, plus estimable qu'aimable, ridicule sans manquer de bon sens, incompréhensible sans être extravagant, dominé en même temps par une faiblesse honteuse et par une austère vertu. Je tâchais d'expliquer tout cela avec le plus d'adresse possible, pour ne dire sur le compte de personne que ce qui était indispensable à mon objet. Mais, malgré toute mon éloquence, je ne pus rien obtenir des mainteneurs, pas même un souci d'argent. On me dit que j'aurais trouvé ailleurs des soucis de toutes les couleurs, et peut-être aussi, avec le temps, quelques lauriers de la grande ou de la petite espèce.

Dégoûté de la Provence et du Languedoc par un tel refus, je me rendis en Espagne. Alphonse X, roi de Castille et de Léon, le même qui prétendait être en état de donner des conseils au bon Dieu, y cultivait les sciences avec succès : je lui fus fort utile pour la composition de ses tables astronomiques, car je me rappelais parfaitement toutes les éclipses qui avaient eu lieu depuis douze ou treize siècles. La médecine était alors cultivée chez les espagnols presqu'autant que l'astronomie. Ils étaient disciples d'Avicenne ; et l'on sait que ce fameux arabe poussait l'habileté au point de connaître au pouls d'un jeune homme, s'il était amoureux. Quand on l'appelait auprès d'un malade qui avait moins de trente ans, il tirait de sa poche la liste de toutes les jeunes femmes de la ville, mettait ses lunettes, et en lisant à haute voix les noms de toutes ces personnes, il tenait le bras du jeune homme, et décidait des dispositions de son cœur d'après les vibrations de son pouls. Or donc les Esculapes espagnols en faisaient autant, surtout quand ils étaient appelés auprès des malades du beau sexe. Dans ce cas, ils se rendaient utiles, ménageant à leurs protégés, ou, pour mieux dire, à leurs protecteurs, des sérénades, des travestissemens, des rendez-vous, etc. Quelquefois même ils les faisaient entrer chez leurs amantes, en qualité d'apothicaires, une seringue à la main. Tout cela était à merveille : mais souvent ces aimables docteurs abusaient de l'exemple d'Avicenne; et quand ils étaient appelés auprès de quelque jeune homme tourmenté par une de ces maladies qui ne viennent qu'aux jeunes philosophes, ils ne savaient pas le guérir, et ils croyaient se tirer d'affaire, en disant qu'il était amoureux, et non pas malade, comme si l'on ne pouvait pas être l'un et l'autre à la fois.

En parcourant l'Espagne, j'ai rencontré plusieurs fois l'illustre chevalier Don Quichotte de la Manche. Il vint à moi, la lance en arrêt, la première fois qu'il me vit, en criant à tue-tête qu'il voulait m'obliger à reconnaître la princesse Dulcinée du Toboso comme la plus jolie personne du monde. Je répondis que j'en convenais de tout mon cœur, et que j'étais prompt à reconnaître, par-dessus le marché, qu'il était lui-même le plus vaillant des chevaliers, et Sancho-Pança le plus gentil des écuyers du monde.

J'ai vu à Minorque le fameux Raymond

Lulle, qui s'occupait à guérir le cancer de sa maîtresse Eléonore. Cette entreprise, fort essentielle pour lui, le rendit chimiste : je l'engageai à étudier les écrits de nos rabbins, et c'est là qu'il a puisé tous ses pathos philosophiques (21).

Quand on venait à Paris, au 13e. siècle, on n'avait rien de mieux à faire que d'aller, rue du Fouarre, entendre les professeurs de belles-lettres et de philosophie. Si l'on sortait de là un peu endormi, on allait jouer à la main-chaude ou au colin-maillard avec les innombrables enfans de l'université, qui, après les leçons, se répandaient dans les prés autour de la ville, où les uns jouaient à des jeux enfantins, les autres ergotaient entr'eux, et d'autres encore allaient dénicher les petites bergères. On n'a vu nulle part autant qu'à Paris une différence prononcée entre les mœurs actuelles et celles du treizième siècle. Quelles étaient les plus vertueuses ?

J'ai peu vécu en France sous le règne de Philippe-le-Bel, car je ne pouvais souffrir ce prince avare, hautain, cruel et despotique. Il n'était pas nécessaire d'être juif ou templier pour le haïr. J'avoue que mon animosité contre lui était telle, que lorsque ses trois fils eurent la bonté d'apprendre au parlement qu'ils étaient cocus, j'en ressentis un plaisir extrême (22).

Ayant repassé les Pyrénées, je vis Alphonse XI, roi de Castille et de Léon, qui, au lieu de s'occuper du soleil et de la lune, comme son prédécesseur, ne songeait qu'à célébrer des tournois magnifiques, pour amuser Eléonore de Guzman, sa maîtresse. Je fus à Lisbonne, et j'y vis la belle Inès-de-Castro, qui était mariée en secret à D. Pedro, fils du roi. Peu de temps après, des courtisans barbares et jaloux obtinrent du monarque la permission de l'assassiner pendant qu'elle était endormie dans son lit, et que son mari était absent.

Edouard III, roi d'Angleterre, tenait, au 14e. siècle, une cour chevaleresque au château de Windsor, des plus splendides et des plus gourmandes. Ses convives ordinaires étaient appelés les chevaliers de la Table-Ronde. Ce prince était si galant, qu'il ne manquait jamais, lorsqu'il y avait bal chez lui, de reconduire les dames jusques dans la cour du château, et il ne les quittait pas qu'elles ne fussent montées sur leurs haquenées. Je le vis un jour accomgner ainsi la comtesse de Salisbury, une des plus belles personnes de son temps. Au moment de quitter le roi, elle laissa tomber, par mégarde ou non, une de ses jarretières de velours, sur laquelle on lisait les mots : *Fidélité éternelle.* Edouard s'en empara immédiatement, et avec un tel empressement, que je ne pus retenir un grand éclat de rire. *Honny soit qui mal y pense*, s'écria le monarque, et tous les assistans répliquèrent en cœur : *Honny soit qui mal y pense.* Depuis ce temps-là, les lords anglais, quand ils ont des maîtresses, ou quand ils vendent leurs suffrages au parlement, ont l'habitude de dire : *Honny soit qui mal y pense.*

J'ai vu au capitole le comte d'Anguillara, sénateur de Rome, mettre une couronne de laurier sur la tête du célèbre Pétrarque. Le poëte arriva, précédé de douze pages vêtus de rouge, et entouré des nobles romains vêtus de vert. Il me chargea d'aller à Avignon, tout exprès, pour donner à sa chère Laure tous les détails de cette mémorable journée. Elle se mit à rire aux éclats, quand je voulus lui parler de la tendresse que Pétrarque avait à son égard. Elle m'assura qu'il n'y avait entr'eux qu'une estime réciproque et une amitié poétique. Elle me le dit, je le crus, et je le crois encore, malgré les quatre-vingt-huit chansons et les trois cent dix-huit sonnets du poëte de Vaucluse.

Si les fonctions de la dignité impériale consistaient uniquement à s'amuser et à divertir les autres, il faudrait mettre Charles IV dans le nombre des plus illustres empereurs. Vivre et laisser vivre, telle était sa maxime ordinaire. Il tâchait de ramasser le plus d'argent qu'il pouvait en Italie, pour le dépenser aussitôt ; et il permettait à ses vassaux ou à ses vicaires d'exiger, de leur côté, ce qu'ils pouvaient. Cette bonté de ce prince pour ses courtisans fut tellement *sensible* aux peuples d'Italie, qu'ils en ont conservé le souvenir dans un certain proverbe, qu'on peut chercher dans les œuvres critiques, morales et philosophiques, du prieur Arlot (23).

Je n'ai pas le temps de parler des hauts faits du connétable Duguesclin. Mais je ne puis oublier la reine Isabeau de Bavière, la plus belle, la plus aimable et la plus libertine de toutes les femmes de son siècle. Elle introduisit l'usage, en France, de ces habillemens qui conviennent beaucoup aux peintres et aux sculpteurs, et fort peu aux moralistes. Aussi tout le pays latin, sur les bords de la Seine, fut-il en rumeur. Mais elle ne s'embarrassait guères de tout cela, et quand on l'ennuyait à la ville, elle se retirait au château de Vincennes, avec le jeune Louis de Boisbourdon, son maître-d'hôtel, et, qui plus est, son amant.

J'étais à Paris à l'époque de la fameuse mascarade qui amena le triste accident au moyen duquel Charles VI développa l'inclination qu'il avait à la démence. Je l'ai vu entrer dans l'hôtel où il devait danser, vêtu en satyre, tenant quatre autres satyres enchaînés, tous couverts d'une toile enduite de poix et d'étoupe (24). Pendant le reste de son règne, Charles VI eut quelques momens lucides; et ce fut dans l'un d'eux qu'on l'informa des fonctions amoureuses que Boisbourdon remplissait auprès de la reine. Aussitôt il fut arrêté, et on le précipita dans la Seine, enfermé dans un sac de cuir, sur lequel on lisait ces mots : *Laissez passer la justice du roi.*

La passion qu'Isabeau de Bavière inspira aux dames françaises pour les modes et pour la parure, ne mourut point avec cette reine. Aussi ai-je vu les dames de la cour de Charles VII vêtues, sinon avec goût, tout au moins avec recherche : elles portaient des robes à longue queue ; elles étaient coiffées avec certains bourrelets surmontés d'un bonnet pointu. Cette plaisante coiffure ne gâtait point le minois fripon d'Agnès Sorel, qui était charmante, quoiqu'elle n'eut pas le bonheur de plaire aux habitans de Paris. Elle s'en aperçut lors de sa première entrée dans cette ville, et s'écria, dans son dépit, que les parisiens étaient des vilains. Si Agnès les revoyait aujourd'hui, elle en parlerait autrement, d'autant plus qu'elle trouverait parmi, des nombreux adorateurs de ses charmes.

A cette époque, les hommes portaient des épaules postiches, qu'on appelait des *mahoires;* ils avaient un chapeau pointu; ils mettaient une longue pointe de fer à leurs souliers. Tel était, en ville, l'accoutrement de La Hire et du beau Dunois, si connus des joueurs de piquet. Quant à la célèbre Pucelle d'Orléans, elle ne quittait jamais ses armes. Je l'ai vue plusieurs fois: j'ai fait plusieurs questions sur son compte, et des personnes dignes de foi m'assurèrent, de son vivant, qu'elle était fille d'Isabeau de Bavière et de Boisbourdon, c'est-à-dire, sœur utérine de Charles VII. Si cela était vrai, on comprendrait bien des choses (25).

Louis XI n'avait point la même prédilection que son père pour Agnès Sorel. Il eut le courage d'appliquer un soufflet à cette belle personne. Ce prince n'était point galant : il battait les dames, et faisait enfermer les hommes dans des cages de fer. On n'en pouvait pas dire autant de Philippe, duc de Bourgogne, fondateur de l'ordre de la Toison-d'Or, car il eut quinze bâtards, ni plus ni moins, et il fut surnommé *le Bon* (26).

A la fin du 14e. siècle, tout était, en Bohême,

dans le plus grand désordre. Les barons du royaume ayant déposé le roi Venceslas, et l'ayant mis en prison, ce prince réussit à se sauver tout nu, et, par conséquent, au risque de prendre un bon rhume. Fort heureusement pour lui, il ne s'inquiétait pas facilement. Plusieurs villes de ses états ayant témoigné le désir de lui donner des marques de leur dévouement, il se contenta de demander à chacune un tonneau du meilleur vin de leur crû. Sous le règne de Sigismond, les bohémiens furent aussi en mouvement, et il y eut parmi eux un fameux rebelle nommé Zisca. Après sa défaite, les plus obstinés de ses partisans furent chassés du royaume par l'empereur Sigismond ; et ce sont ces gens-là qui, depuis lors, furent connus en Europe sous le nom de bohémiens et de zingari (27). Cette dernière dénomination dérive du nom de Zisca, d'où l'on a fait ziscari et zingari. Ces vagabonds n'étaient autre chose que des paysans hussites, et leur expulsion de Bohême coïncide avec leur apparition en Italie et en France. Il y a déjà quelques années, on m'a montré à la foire de Léipsick une histoire des bohémiens, écrite par un certain Grellmann, qui s'amuse à les faire originaires de l'Indostan, et qui a écrit, pour énoncer cette opinion, un livre où il cite cent quatre-vingt-quatre auteurs; ce qui n'empêche pas que l'opinion de M. Grellmann ne soit fausse.

Vers la fin du 15e. siècle, Florence était le siége du bon goût, du génie et des arts. Laurent de Médicis y rappelait la mémoire de Périclès, et l'on y trouvait aussi, au besoin, des Alcibiades et des Aspasies. Laurent dépensait les immenses revenus qui avaient été formés par son père Côme. Il habitait à la ville et à la campagne, à Fiesole, à Careggio, à Cafaggiolo, à Trebbio, les beaux palais qui avaient été bâtis par Côme; et tous les parasites de Florence y trouvaient l'hospitalité, pourvu qu'ils fussent gens d'esprit ou de mérite.

Au nombre des riches italiens du moyen âge qui protégeaient les arts, il faut compter Augustin Chigi, de Sienne. C'est lui qui fit construire à Rome le superbe palais dit Farnèse. Il employait le pinceau de Raphaël pour le décorer; mais ce peintre célèbre y travaillait avec peu d'assiduité. Chigi en chercha la cause, et il apprit que l'artiste avait l'habitude de passer une partie de son temps chez la fille d'un boulanger, que toute la ville nommait *la bella Fornarina*. Chigi prit alors cette femme à son service, et Raphaël acheva promptement sa besogne (28).

CHAPITRE VI.

Voyages du Juif errant depuis le règne de l'empereur Charles-Quint, jusqu'au commencement du 17e. siècle.

J'AI toujours eu beaucoup d'estime pour l'empereur Charles-Quint. Il y avait quelque chose de grand dans lui; et les historiens qui ont écrit sous l'influence de son rival, ne lui ont point rendu justice. J'étais à Bologne au couronnement de cet empereur, et j'ai été témoin de la dispute qui s'éleva pour la préséance entre l'ambassadeur de Gênes et celui de Sienne. Cette contestation amena un soufflet. Il faut certainement se croire placé dans l'alternative inévitable de faire ou de recevoir une insulte, pour en venir à un procédé qui n'est admissible que parmi les enfans. Charles-Quint fut peu satisfait de cet événement, contraire à toutes les règles de l'urbanité; mais il jugea qu'il ne fallait point lui donner trop d'importance, et que l'honneur de celui qui avait reçu le soufflet était tout aussi intact qu'auparavant (29). Un célèbre docteur de Bologne insista sur la différence qui se trouve entre l'honneur de droit et l'honneur de fait, c'est-à-dire, entre le droit que notre mérite nous donne d'être honorés, et la possession que le caprice des hommes nous donne des témoignages de respect. Il démontra que l'honneur de droit doit être plus cher que la vie, parce qu'il est synonyme avec vertu, tandis que l'honneur de fait, qui est synonyme avec puissance, doit être pour nous une chose indifférente. Il convint que le second peut être conquis l'épée à la main ; mais il observa que, par ce moyen, on ne pouvait point conquérir l'honneur de droit, seul digne d'envie, puisque, dans tous les temps, le hasard et la force ont fait jouir de l'honneur de fait des milliers de scélérats et d'imbécilles. D'après toutes ces considérations, Charles-Quint ordonna la réconciliation des deux ambassadeurs ; il chargea messire Jean Della Casa de composer un traité de la politesse, et il ordonna que tous les pédagogues de ses états eussent soin de donner aux marmots une définition exacte et précise du mot *honneur*, afin d'empêcher le sang humain de couler pour une amphibologie grammaticale.

Après avoir vu Charles-Quint à Bologne dans toute sa gloire, je le vis derechef, vingt-sept ans après, dans sa retraite à Saint-Just en Estramadure. Il s'amusait à monter à cheval, à faire des horloges, à cultiver son jardin et à célébrer ses propres funérailles. Son genre de vie me rappela Amédée VIII, duc de Savoie, que j'avais vu, dans le siècle précédent, retiré à Ripaille, avec six gentilshommes de sa cour. On voyait en ce lieu, sept petits pavillons différens, dans le même enclos, et les sept ermites étaient vêtus de drap gris, avec un bonnet d'écarlate sur la tête, une ceinture d'or, une barbe longue, et une espèce de crosse à la main. Les femmes étaient bannies de cette retraite, mais on y faisait très-bonne chère. Amédée VIII avait dans son caractère quelque ressemblance avec Charles-Quint; mais la retraite du premier fut l'effet d'une résolution philosophique, tandis que celle de l'autre fut l'effet d'une détermination religieuse.

Ma prédilection pour Charles-Quint m'empêche de ressentir pour François Ier. l'enthousiasme que sa galanterie et son amour pour les lettres ont inspiré à d'autres. Il avait un caractère despotique, et ce défaut, dans un prince, efface à mes yeux toutes les plus belles qualités. J'honore le chevalier Bayard, mais je n'aime ni la duchesse d'Etampes, ni l'amiral de Bonnivet, et je trouve que la cour de Henri II valait beaucoup mieux que celle de son père. En effet, on ne peut rien imaginer de plus beau et de plus aimable que Diane de Poitiers. J'ai été plusieurs fois au château d'Anet, et j'y ai vu la belle duchesse qui se promenait à cheval tous les matins à six heures, se couchant ensuite de nouveau jusqu'à midi. J'ignore si elle recevait la visite du roi dans la matinée (30).

Henri II avait eu occasion, pendant qu'il faisait la guerre en Italie, d'y connaître tant soit peu Philippine Duc, fille d'un gentilhomme de Montcalier en Piémont. Le résultat de cette liaison fut la naissance de Diane de France, qui épousa d'abord Horace Farnèse, duc de Castro, et ensuite le duc de Montmorency, fils du connétable de ce nom. Elle était une des plus belles et des plus spirituelles personnes de la cour, la seule qui ressemblât à son père, disaient les ennemis de la reine (31).

Il est aisé de concevoir que la personne de Henri VIII, roi d'Angleterre, était pour moi un objet d'horreur. Cet homme, qui fit périr soixante-douze mille personnes injustement, avait tous les vices. Son inclination pour les femmes n'avait pas même l'apparence de la galanterie. Il s'avisa un beau jour d'écrire à François Ier., pour le prier de conduire à Calais l'élite des beautés de la cour de France, afin de choisir entr'elles une reine d'Angleterre. Le monarque français répondit qu'il respectait trop les dames pour les conduire au marché, *à l'égal des palefrois et des haquenées.*

Une des plus illustres victimes de la tyrannie de Henri VIII, fut le chancelier Morus, un des magistrats les plus vertueux et les plus plaisans à la fois qui aient jamais existé ; il ne ressemblait point à François Bacon, l'un de ses successeurs, qui écrivait à la fois des traités de morale et des billets doux pour la reine Elisabeth, au nom du comte d'Essex ; nouveau Sénèque en tout point, qui exaltait la vertu et qui vendait la justice. Morus, au contraire, fut toujours intègre, et l'on m'a raconté, dans le temps, qu'un seigneur, inquiet sur le gain d'un procès, ayant voulu lui faire offrir deux flacons d'argent d'un grand prix, le chancelier les fit remplir de son propre vin, et les renvoya au donateur, en lui faisant dire que toute sa cave était à son service.

Henri VIII ne déguisait pas son despotisme : il avait eu l'art de le rendre supportable à ses sujets, en les avilissant par la corruption des mœurs. Pendant que j'étais à Londres, il assembla un parlement pour avoir des subsides ; mais les membres de l'opposition hasardaient quelques difficultés. Henri fit appeler un de leurs chefs : *Oh ! oh ! l'ami*, lui dit-il, *vos gens ne veulent donc pas laisser passer mon bill !*

Puis, mettant la main sur la tête du député, qui, selon l'étiquette anglaise, était à genoux devant lui : *Que ma volonté se fasse demain*, ajouta-t-il, *ou demain cette tête est à bas*. Je me souvins de cette anecdote à la fin du règne de Charles Ier., et ce souvenir servit à m'expliquer bien des choses. *Tant va la cruche à l'eau, qu'à la fin elle se brise*, dit avec raison un ancien proverbe, qui contient à lui seul toute la théorie des révolutions politiques.

Elisabeth, fille de Henri VIII, avait pour le moins un aussi mauvais caractère que son père, quoiqu'elle eût plus d'habileté et de sang-froid. Elle dînait en public ; et pour pouvoir causer néanmoins sans être gênée, elle faisait faire, pendant son repas, une symphonie diabolique avec deux timbales, douze trompettes, des fifres et des tambours. Ayant assisté par hasard au banquet royal, la reine, en sortant de table, m'aperçut dans la foule. Elle trouva ma figure extraordinaire, et me fit signe d'approcher. Entr'autres questions, elle voulut savoir si j'avais été en Ecosse : sur ma réponse affirmative, et croyant m'embarrasser, elle me demanda si Marie Stuart était plus jolie qu'elle. Madame, répondis-je, vous êtes la plus belle personne de l'Angleterre, et la reine Marie est la plus belle personne de l'Ecosse. Elisabeth sourit, et me fit donner un pot de confiture. Si j'avais voulu dire la vérité, j'aurais mortifié, non sans danger pour moi, l'amour-propre d'Elisabeth, car elle était loin d'être aussi belle que Marie Stuart. J'ai beaucoup connu le protégé, autrement dit l'amant de cette dernière princesse, c'est-à-dire, David Rizzio, musicien, natif de Turin, en Italie. Je voulus en vain l'engager à retourner dans sa patrie. Il me quitta un soir, en me disant tout bas qu'il allait se rendre chez la reine par un escalier dérobé, et qu'il devait souper tête à tête avec elle. Deux heures après, il avait été assassiné.

Parmi les belles reines du 16e. siècle, il faut placer en première ligne Catherine de Médicis, qui n'était point aussi méchante qu'on le dit. Les dames françaises devraient même honorer sa mémoire, car elle introduisit en France des modes très-élégantes, dont elle faisait l'essai sur le fameux escadron de ses filles d'honneur, semblables, par leur beauté et par leurs grâces, aux soubrettes de Vénus ou d'Armide. Il y aurait beaucoup de choses à dire sur Henri III et sur ses mignons. La France était, de leur temps, en fermentation, et les têtes y étaient aussi exaltées qu'en 1789. Si le résultat fut différent, c'est que la reine Catherine et ses enfans ne firent point tout à fait autant d'imprudences que Louis XVI. Bien ou mal, la cour tâchait, sous les Valois, de maîtriser le torrent; mais elle n'avait pas imaginé de garder une sorte de neutralité passive, de témoigner à la fois une grande répugnance pour les innovations, et de ne rien faire pour en arrêter la marche.

La France fut très-malheureuse sous le règne de Henri III, et le principal motif qui fit impliquer les intérêts politiques dans les discordes religieuses, fut la mauvaise conduite de la noblesse, qui, sous l'égide du trône, se livrait à tous les désordres, croyant légitimer ou effacer toutes choses par sa bravoure.

François Ier., comme le dit le sire de la Noue, fut le premier qui introduisit en Europe l'usage des duels privés faits sans la permission des magistrats, et sans avoir pour but de constater un fait d'une existence douteuse. Les duels privés ne purent avoir pour objet que de constater la bravoure des combattans, et ils offrirent aux gens de guerre le moyen d'acheter, à la pointe de leur épée, le droit de s'insulter réciproquement à leurs risques et périls, ainsi que celui d'insulter sans crainte les gens plus faibles qu'eux, et les gens qui, n'ayant pas l'habitude de manier l'épée, ne connaissent pas eux-mêmes leur propre courage. En vertu de cette belle méthode, les courtisans et les mignons de Henri III troublaient les ménages sans craindre les maris, et gardaient leurs dettes sans craindre leurs créanciers. Aussi le sire de la Noue, quoiqu'il fût lui-même un des plus vaillans chevaliers français, regardait-il l'usage des duels comme la principale source des désordres de son temps.

Je ne veux pas parler de la ligue, et des événemens auxquels elle donna lieu, parce qu'il n'y a pas encore en Europe assez de sang-froid et de philosophie, pour en parler d'une manière raisonnable et impartiale. Je n'ai rien à dire sur le preux et galant Henri IV, que tout le monde ne sache déjà. Je voudrais pouvoir me livrer sans réserve à l'admiration que m'inspirait Sully avec sa longue barbe, et qui a été depuis confirmée en moi par la lecture de ses mémoires. Mais le dénombrement que j'y ai trouvé des libéralités de Henri IV, qu'il eut l'indiscrétion d'accepter, tandis que des milliers de serviteurs de la couronne n'étaient point indemnisés des pertes innombrables essuyées dans les guerres civiles, ce dénombrement, dis-je, a beaucoup diminué mon estime pour ce célèbre ministre (32).

Je n'aurais jamais fini, si je voulais parler de tous les savans littérateurs et artistes du premier ordre, de tous les princes et seigneurs remplis d'instruction, d'urbanité et de politesse, que j'ai connus en Italie au 16e. siècle. J'ai vu à Paris, sous le règne de Louis XIV, un foyer éclatant de lumières et d'élégance; mais pour un Juif errant qui ne peut rester nulle part plus de trois jours, il vaut mieux rencontrer à chaque instant un petit Parnasse et un petit Elysée, que de trouver tout le savoir et tout le bon ton d'un vaste royaume concentrés dans une seule ville. Il n'y avait point de provinciaux en Italie au 16e. siècle, et voilà ce qui faisait alors la gloire littéraire et sociale de ce pays.

Dans l'impossibilité de faire l'énumération des hommes illustres que j'y ai connus, il faut au moins que je rappelle quelques femmes distinguées par leur esprit et par leurs talens poétiques; comme, par exemple, Victoire Colonna, marquise de Pescara; Véronique Gambara, comtesse de Correggio; Constance d'Avalos, duchesse d'Amalfi; Tullie d'Arragon, etc. Les nobles et les femmes ont cultivé les lettres en Italie plus qu'en France, n'ayant rien de mieux à faire dans un pays où il n'y avait pas des Versailles et des Marly.

Parmi les principaux jurisconsultes français du 16e. siècle, il faut compter le sire de

Fibrac, qui eut la bonté de composer des quatrains, *docte et sage lecture* que les maris jaloux conseillaient dans le temps à leurs épouses, lesquelles, de leur côté, préféraient les écrits du joyeux Rabelais : elles avaient une sagacité admirable pour débrouiller tous les galimatias de Panurge, de Pantagruel et de Gargantua. J'avoue que sur ce point leur intelligence était bien supérieure à la mienne.

Je n'étais pas embarrassé cependant de comprendre les centuries du fameux Nostradamus ; car j'ai contribué avec lui à les rédiger, pour nous moquer de la crédulité de notre prochain : au surplus, l'astrologue provençal savait moins que moi le passé, et il ne savait pas davantage le futur (33).

CHAPITRE VII.

Voyages du Juif errant depuis le commencement du 18e. siècle, jusqu'à la mort de Louis XIV, roi de France.

Louis XIII, qui avait choisi mademoiselle de la Fayette pour son confident, Cinqmars pour sa maîtresse, et Richelieu pour son pédagogue, n'a jamais rien fait de plaisant dans tout son règne ; mais, en revanche, l'observateur cosmopolite, tel que moi, pouvait rire tout son soul au temps de la fronde. Elle m'aurait fourni le sujet d'un poëme burlesque, si j'avais été poëte ; et comme il y a des gens qui le sont tant bien que mal, je ne conçois pas comment on n'a jamais exécuté un tel projet.

La cour de Philippe IV, roi d'Espagne, était beaucoup plus magnifique que celle de Louis XIII, et les grands seigneurs s'y comportaient honorablement. Il n'en était pas de même en France : rien, par exemple, n'égalait l'audace du célèbre colonel du régiment de Corinthe, qui disait à Joly, son valet-de-chambre : *Mon pauvre ami, tu perds ton temps à me prêcher : je sais bien que je ne suis qu'un coquin; mais, malgré toi et tout le monde, je veux l'être, parce que j'y trouve plus de plaisir.* Ces propos faisaient ouvrir de grands yeux au sieur Joly, et lui coupaient la parole (34).

Dans les premières années du règne de Louis XIV, je fus témoin d'une singulière affaire. Le grand Condé s'oublia jusqu'à donner un soufflet au comte de Rieux, fils du prince d'Elbœuf. Le comte de Rieux rendit le soufflet au vainqueur de Rocroi, de Fribourg, de Norlingue et de Lens. Cette étrange aventure ne produisit rien. Les deux avocats-généraux du parlement furent consultés. Talon voulait poursuivre le comte de Rieux ; Bignon, plus sage, s'y opposa, et fit revenir son collègue à son avis. On fit mettre pendant quelques jours le fils du prince d'Elbœuf à la Bastille, et il n'en fut plus parlé. Ceux qui ne veulent pas me croire sur parole, et s'en rapporter à mes souvenirs, peuvent consulter Voltaire, *siècle de Louis XIV*, 1785, tome 1, page 361. Cette anecdote, au surplus, rappelle le célèbre soufflet que le comte d'Artois, dans sa jeunesse, donna à la duchesse de Bourbon, princesse du sang, au bal de l'Opéra.

Quand Louis XIV fut majeur, tout changea de face en France. L'ordre fut rétabli entièrement, et l'on n'eut plus rien à faire qu'à s'amuser. J'ai vu le superbe carrousel qui eut lieu au-devant du château des Tuileries, où le roi, le duc d'Orléans son frère, le prince de Condé, le duc d'Enghien et le duc de Guise, conduisaient cinq quadrilles de seigneurs, vêtus en romains, en persans, en turcs, en indiens et en américains. J'ai vu, deux ans après, les fêtes célèbres qui eurent lieu à Versailles pendant sept jours. J'ai vu la magnifique loterie que Louis XIV fit tirer dans le salon de Marly, et le bal magnifique que le fils de Colbert donna au monarque dans les jardins de Sceaux.

J'ai connu Lauzun, qui, après avoir été capitaine de cents gentilshommes au bec-de-corbin, épousa la nièce de Louis XIV, et dut expier ensuite un tel honneur par un long séjour dans la citadelle de Pignerol. J'ai connu Dangeau, qui montra, par ses succès, qu'il est impossible d'échouer dans le monde, à ceux qui ont le bonheur d'être parfaitement nuls. J'ai connu le vertueux Montausier, qui eut la gloire de servir de modèle au misantrope de Molière. J'ai connu l'intrigante et spirituelle marquise de Sévigné. J'ai connu sa fille, la comtesse de Grignan, belle femme, mais prude et égoïste. J'ai connu l'espiègle Mancini, la tendre duchesse de la Vallière, la capricieuse Fontanges, la belle marquise de Montespan; et en voyant les charmes et la coquetterie de toutes ces dames, on ne pouvait que regretter la suppression des filles d'honneur, qui furent remplacées par les dames du palais, quelques années après le mariage de Louis XIV (35).

Il est certainement plus utile que la cour des monarques soit composée de grands seigneurs, que si elle l'était encore d'affranchis, comme au temps des anciens Césars. L'on prend ordinairement les manières des personnes qui nous entourent, et il est bien, par conséquent, que les souverains soient entourés par des hommes à qui leur position donne naturellement certaines qualités morales que les autres n'acquièrent que par une éducation soignée; mais avec cela, il est révoltant de voir les grands seigneurs qui entourent les princes, demander sans cesse pour eux-mêmes des pensions et des charges. Aussi Louis XIV s'apercevait-il quelquefois qu'il y avait de sa part plus de gloire à refuser qu'à donner. Toutes les fois, disait-il, que je donne une place vacante, je fais cent mécontens et un ingrat.

Sous le règne de Louis XIV, j'ai connu à Bordeaux un gentilhomme espagnol, nommé Don Carlos Panealbo, que des tracasseries compliquées avaient déterminé à passer quelques années hors de sa patrie, où il avait été méconnu et traité bien autrement qu'il méritait de l'être. Jaloux de se faire connaître, et cédant au besoin que tous les hommes ont d'être estimés au moins ce qu'ils valent, ou à peu près, ne sachant, d'ailleurs, comment passer son temps dans un pays où il était inconnu, Pancalbo fit imprimer quelques écrits en France, se flattant par ce moyen d'être au monde une créature un peu moins inutile, et d'obtenir de la cour de Madrid quelques témoignages d'estime. Bientôt un gros livre fut achevé et imprimé, et alors l'auteur se demanda à lui-même : que faut-il en faire ?

Panealbo était né avec la manie de la politique ; il savait, à la vérité, que les donneurs d'avis et les faiseurs de projets obtiennent rarement quelques avantages de leur bénévole sollicitude pour le genre humain ; mais il savait aussi qu'il est agréable pour eux de pouvoir se vanter, après coup, que telle chose a été faite d'après leurs plans, ou que telle autre chose ne serait pas arrivée, si l'on avait suivi leurs systêmes. Panealbo avait toujours aimé à peindre les gens et à raconter des babioles. Mais alors on n'aimait à Madrid ni les donneurs d'avis, ni les faiseurs de projets, ni ceux qui peignent les gens, ni les conteurs de babioles. Or, Panealbo ne voulait choquer personne à Madrid : il sentait que toutes les choses permises ne sont pas convenables ; il sentait qu'un homme de qualité ne doit fournir à personne des exemples d'insubordination ; il sentait que, même entre égaux, on ne dit guères la vérité qu'à ceux qui veulent l'entendre. Panealbo, profond publiciste s'il en fut jamais, sentait bien que dans une monarchie absolue, le gouvernement peut laisser, tout comme ailleurs, aux citoyens, la faculté de discuter les affaires publiques, ainsi qu'on l'a vu depuis en Prusse et en Danemarck. Panealbo sentait aussi qu'un gouvernement ne voulant point accorder à ses sujets une telle faculté dans l'intérieur de l'état, pourrait néanmoins engager lui-même ceux qui ont la démangeaison d'écrire, à s'évertuer dans l'étranger. Panealbo sentait tout cela ; mais il sentait aussi qu'on ne doit pas forcer la main aux gouvernemens ; que pour l'amour de l'ordre, il faut respecter leurs prétentions injustes ou imprudentes ; que la critique des systêmes ministériels, pour être utile, doit pouvoir être exercée par tout le monde, et que les ministres doivent être prévenus d'un tel état de choses, pour être en état de se défendre. Au surplus, non-seulement Panealbo ne voulait pas nuire à personne dans sa patrie, et ne voulait pas irriter le roi d'Espagne, mais il voulait précisément acquérir des titres de bienveillance auprès de lui.

Dans un tel état de choses, pour concilier tous les devoirs et tous les intérêts, Panealbo s'avisa d'un expédient qui aurait réussi à tout autre individu moins malheureux : il s'adressa à un muletier espagnol, qu'il rencontra sur le port de Bordeaux, et le chargea de porter à Madrid un exemplaire de ses écrits.

Panealbo savait fort bien qu'à cause de la satire Menippée, des aventures du baron de Fœneste, et autres livres semblables imprimés en France (36), les muletiers étaient fouillés par les alguazils, à leur entrée en Espagne. Mais il voulait précisément que le livre tombât entre les mains du magistrat, chargé de surveiller la librairie; et il savait que celui-ci en aurait donné connaissance au roi et à tous ses ministres. Cet envoi était donc, de la part de l'auteur, une manière indirecte de demander le consentement exprès ou tacite des autorités intéressées : procédé noble et loyal, s'il en fut jamais.

Panealbo ne voulut point publier ses écrits en France, avant d'avoir eu une réponse expresse de Madrid, ou bien une réponse tacite, consistant dans la liberté de l'entrée en Espagne; mais la chose ne se passa d'aucune des manières auxquelles il s'attendait. L'édition entière de son ouvrage fut achetée d'un individu qui n'avait pas le droit de la vendre : on le décida à ce contrat, en lui donnant en argent trois fois plus que l'édition ne valait, et l'on fit rembourser ce paiement par une tierce personne qui n'y entrait pour rien. Panealbo ne fut informé de toutes ces opérations qu'après coup : il se trouva privé de ses livres, frappé indirectement d'une amende, et frustré des témoignages de bienveillance qu'il attendait du roi d'Espagne pour ses écrits et pour la loyauté de sa conduite.

Vivement affecté d'un tel résultat, Panealbo fit imprimer dans les *Petites-Affiches* de Bordeaux une longue réclamation, dont j'extrais les passages suivans : « Je savais fort bien que » le gouvernement espagnol n'aurait pas agréé » la publication de certains passages de mon » livre; et si je ne les ai pas supprimés moi- » même, c'est que j'ai cru utile de les faire » parvenir sous les yeux du roi d'Espagne ; » après quoi, leur destination étant remplie, il » ne pouvait plus être question de les regret- » ter.......... Je m'étais imaginé de deux choses » l'une, en donnant connaissance de mes écrits » à Madrid, ou qu'on m'aurait indiqué les » modifications nécessaires pour les rendre » agréables au roi d'Espagne, moyennant la » réimpression de quelques feuillets, d'autant » plus aisée que, pour celui qui voyage dans les » pays imaginaires, le terrain ne manque ja- » mais ; ou que l'on aurait acheté mon édition » entière, pour la distribuer gratuitement, à » temps et lieu, au nom du gouvernement...... » Je comptais précisément sur la délicatesse » du ministre auquel on m'accuse d'avoir » voulu faire allusion, et je pensais qu'il au- » rait cru son honneur intéressé à procurer la » publication de l'ouvrage........... Don Carlos » Panealbo, gentilhomme castillan, n'est point

» de l'étoffe dont on fait les libellistes ; il sait » que la prudence ordonne de n'offenser per- » sonne quand il y a du péril à le faire, et que » la générosité ordonne la même chose, à son » tour, dans le cas contraire......... Dans tout » ouvrage où il faut peindre les hommes, on » est porté naturellement, et sans le vouloir, » à tracer le caractère des gens qu'on a con- » nus : il faut même beaucoup d'habileté et » d'expérience ; il faut avoir beaucoup vu et » voyagé, pour savoir créer des originaux. » Aussi voyons-nous que les peintres donnent » la figure de leurs maîtresses, de leurs fem- » mes, de leurs enfans, de leurs cousins et de » leurs cousines, de leurs compères et de » leurs commères, aux personnages de leurs » tableaux. La pensée qui occupe l'imagina- » tion se retrace involontairement sous la » plume........... Quand des circonstances sin- » gulières et mal appréciées ont fait paraître » un homme sous un faux jour, il doit se faire » connaître, et il peut mêler quelques cir- » constances de la vie d'autrui à l'histoire de » la sienne propre, lorsque cela est indispen- » sable à l'intelligence des faits......... Fénélon » fut soupçonné, et certes avec raison, d'a- » voir voulu peindre Louis XIV et son mi- » nistre Louvois, sous les noms d'Idoménée

» et de Protésilas : Fénélon ne fut point in» quiété............... Il y a une différence infinie » entre désigner et nommer. Il est certain que » partout où il y a délit matériel, les présomp» tions de l'intention sont des circonstances » atténuantes ou aggravantes; mais l'intention » à elle seule peut-elle constituer un délit » matériel? Lors même que le public a la clef » d'un ouvrage allégorique, son effet n'est ja» mais le même, que si les pesonnes sont nom» mées en toutes lettres. Quant aux gens qui » ne sont pas du secret, la malice de l'auteur » n'existe pas à leur égard. Dans la satire lit» térale, on affirme explicitement; dans la sa» tire allégorique, on se contente de suppo» ser implicitement; et lors même, dans ce » dernier cas, qu'on devine le mot de l'énigme, » cette connaissance est bientôt perdue. C'est ce » qui est arrivé aux *Caractères* de La Bruyère, » satire allégorique, s'il en fut jamais, et que » la postérité lira comme un ouvrage de mo» rale, relatif à la nature humaine en géné» ral............ De tout temps on a vu l'autorité » tolérer dans les ouvrages allégoriques ce » qu'elle n'eût pas pu souffrir autrement; car » l'allégorie est à elle seule un hommage aux » convenances........ Quand on veut apprécier » l'intention d'un auteur et son but, il faut

» calculer aussi comment et pourquoi, et par » qui cet auteur est réduit à se proposer un » tel but, et s'il s'agit d'attaque ou de dé- » fense......... Discuter la nature ou l'étendue » des talens d'une personne, sa prudence ou » sa politesse, ce n'est point attaquer sa répu- » tation......... Il n'est aucun des personnages » imaginaires dont j'ai parlé dans mes écrits, » desquels je n'aie eu soin de dire plus de bien » que de mal, sans attaquer en rien leur hon- » neur......... Quand on voudra procéder avec » moi selon les règles de la justice, on rendra » à ma famille l'amende dont on l'a frappée » injustement; car, dans tous les cas possibles, » on n'inflige jamais aucune peine à celui qui » se dénonce lui-même..... Si mes écrits sont » un jour distribués au public par le ministère » espagnol, ils serviront à dissiper toutes les » impostures, à m'obtenir l'estime universelle, » et à faire voir quelle différence il est entre » moi et mes ennemis (37). »

Voilà qui est très-bien. Quittons maintenant Don Carlos Panealbo; mais faisons auparavant une petite observation. Les rois aiment assez la vérité; mais il n'en est pas de même de leurs ministres. Ceux-ci veulent choisir des peintres à leur goût pour leur figure; autant qu'ils peuvent, ils n'entendent point raillerie là-dessus;

autant qu'ils peuvent, ils cherchent à se venger tôt ou tard. On raconte que Charles II, roi d'Angleterre, voyant un certain homme au pilori, demanda quel était son crime. Sire, lui dit on, c'est parce qu'il a composé des libelles contre vos ministres. Le grand sot! répliqua le roi, que ne les écrivait-il contre moi! on ne lui aurait rien fait.

Charles II singeait un peu à sa cour les manières galantes de Louis XIV; et sa maîtresse, la duchesse de Portsmouth, était une jolie personne fort aimable. L'on vit aussi de la galanterie à la cour de la reine Anne, nièce de Charles II. Elle avait l'art d'aimer à la fois le duc et la duchesse de Marlbourough, c'est-à-dire, le mari à cause de la femme, ou la femme à cause du mari, comme l'on voudra. Quand le duc fut chargé, en Hollande, du commandement des troupes anglo-hollandaises, elle se trouva dans une grande inquiétude. Les graves plaisans de la cité de Londres imaginèrent alors la célèbre chanson de Marlbourough, que nous chantons encore, quand nous voulons divertir les petits bambins (38).

Les manières de Louis XIV contribuèrent beaucoup à adoucir les mœurs en France; et ce fut pour y parvenir toujours plus, que, dès les premières années de son règne, il publia un édit contre les duels. Cette détermination fut jugée d'une manière différente, selon les préjugés ou le bon sens des différentes personnes. Je me souviens d'une discussion fort animée sur ce point, que j'entendis dans le parc de Versailles, entre le chevalier de La-Croix-Rouge, et le chevalier de Varinsa. Le premier attaquait le duel ; l'autre le défendait. Je m'en vais rapporter textuellement leur dialogue.

« Ainsi donc, Varinsa, dit La-Croix-Rouge:
» quoique vous soyez bailli d'épée, vous êtes
» déterminé à tuer ou à blesser vos sembla-
» bles, s'ils vous offensent le moins du monde.
» — Mon ami, je suis philosophe tout comme
» un autre; je vois dans le duel un préjugé
» barbare et ridicule; mais il existe, et je me
» conforme en toutes choses aux usages de
» la majorité. — Quant à moi, je considère
» la qualité des raisons, et non la quantité des
» raisonneurs : lorsque la majorité a tort, j'é-
» prouve un plaisir indicible à fronder ses
» opinions; un bon logicien trouve autant d'a-
» grément à se battre avec les préjugés, qu'un
» spadassin en éprouve à se battre contre les
» hommes. — Si le duel n'était pas en usage,
» on serait insulté sans cesse. — Au contraire,
» on le serait moins. Si l'on pouvait insulter

» impunément, l'opinion publique flétrirait » ceux qui seraient assez grossiers pour pro- » fiter de cette impunité ; au lieu que main- » tenant elle semble applaudir à ceux qui in- » sultent, pourvu qu'ils soutiennent leurs dé- » marches l'épée à la main. Ce n'est point le » duel qui nous empêche d'être insultés des » gens du peuple : s'il n'était point pratiqué, » nous ne serions pas plus insultés par nos » égaux, que nous ne le sommes actuellement » par nos inférieurs. — Mais l'urbanité des » mœurs est une chose précieuse, et le duel » est indispensable pour la conserver. — Je » conviens du premier point, et non du second. » On conserve, on augmente l'urbanité des » mœurs par de bonnes lois, par la propaga- » tion des lumières, par la culture des scien- » ces et des arts, par l'exemple des grands de » l'état, même, si l'on veut, par l'influence des » femmes, mais non par le duel, qui ne fait » que rendre les hommes superbes et poin- » tilleux, détruisant le principe radical de la » civilisation, qui est l'indulgence réciproque. » — Mais le duel est un mal nécessaire pour » prévenir les vengeances. — Cela est faux, » dans l'état actuel des mœurs en Europe ; et » la plupart des duellistes n'auraient point re- » cours au poignard, si on leur interdisait la

» justice de l'épée. — Mais le duel est néces-
» saire pour conserver l'esprit belliqueux de
» la nation. — Quelle idée avez-vous donc de
» la bravoure de vos compatriotes ? et pouvez-
» vous supposer qu'elle ait besoin d'un pareil
» stimulant ? Ne voyez-vous pas que les gens
» du peuple sont guerriers sans être duel-
» listes ? L'esprit de pointillerie qui naît des
» duels fréquens, est, au contraire, diamé-
» tralement opposé à ce caractère mâle qui
» seul rend un homme de guerre propre à son
» métier. Faut-il encore vous citer l'exemple
» des peuples de l'antiquité ? — Ainsi donc
» vous voulez abroger le duel : mais com-
» ment vous comporterez-vous si l'on vous
» offense, ou si vous avez le malheur d'offen-
» ser ? — Dans le premier cas, je prends pa-
» tience, persuadé qu'aucune insulte ne peut
» nuire à mon caractère, et je me borne à
» livrer l'offenseur à l'animadversion publi-
» que. S'il m'arrive de manquer d'égards à
» quelqu'un, je me fais un devoir de lui en
» faire sentir mon regret : je rends hommage
» aux principes de la politesse, en désavouant
» mon inadvertance, et je tâche de la com-
» penser par des égards subséquens. — Mais
» avec tout cela, refuseriez-vous un cartel ? —
» *Bien certainement ; et loin d'en faire un mys-*

» *tère, je croirais devoir publier hautement mon*
» *refus.* — Il faut du courage pour braver
» ainsi l'opinion publique, et un grand fond
» de mérite pour ne pas demeurer accablé
» sous le poids des sarcasmes et des bavarda-
» ges : c'est pourquoi j'attends que votre mé-
» thode soit un peu plus commune, pour l'a-
» dopter. En attendant, mon cher La-Croix-
» Rouge, vous qui avez deux ou trois cents
» maîtresses, qui pensez et qui vivez en franc
» épicurien, comment pouvez-vous être si
» fortement prononcé contre le combat sin-
» gulier ? — Mon ami, on a grand tort de voir
» dans le duel un délit religieux : soyez turc,
» maure ou payen, si vous êtes homme, vous
» devez considérer le duel comme un crime;
» si vous êtes raisonnable, vous devez le con-
» sidérer comme une absurdité, et si vous
» tenez à l'organisation de la société civile,
» vous devez le considérer comme un désor-
» dre intolérable, qui paralyse toutes les re-
» lations sociales, et qui, en substituant la poin-
» tillerie à la magnanimité, est l'une des causes
» de cet état d'infériorité des peuples moder-
» nes, relativement aux anciens, qui se fait
» sentir en plusieurs points : c'est parce qu'on
» a eu l'imprudence de considérer le duel
» comme un délit religieux, que les jeunes

» gens qui, depuis le commencement du
» monde, ont toujours eu un peu l'habitude
» de secouer toute espèce de joug, ont trouvé
» du plaisir à conserver un usage atroce,
» qu'ils auraient rejeté avec horreur, si on
» s'était toujours borné à le présenter sous
» son véritable point de vue. — Tout beau,
» M. de La-Croix-Rouge! supposons qu'on
» doive désirer l'extirpation du duel : mais
» peut-on y parvenir? Nos lois doivent être
» en harmonie avec nos mœurs : *ne quid ni-*
» *mis*. — Monsieur l'apologiste des monoma-
» chies, sachez que les principes ne changent
» point, et que c'est uniquement dans la ma-
» nière de les appliquer, qu'il faut avoir égard
» aux circonstances. Le médecin tâche tou-
» jours de guérir la maladie, quels que soient
» ses symptômes; mais, d'après la nature de
» ceux-ci, il emploie des remèdes différens.
» — Ah! nous y sommes : ainsi donc vous
» conviendrez que l'on pourrait charger le
» tribunal des maréchaux de France du soin
» de décider dans quel cas particulier le duel
» doit être permis. — Autant vaudrait réta-
» blir les cours d'amour, et les charger de dé-
» cider dans quels cas les femmes peuvent être
» obligeantes avec leurs amans. — Cepen-
» dant il faut bien rédiger une législation

» spéciale pour le duel, car il est absurde » d'assimiler un assassin et un duelliste. — » Cher Varinsa, je sais fort bien qu'en fait, il » y a maintenant une différence énorme en- » tr'eux; mais en droit, il n'y en a aucune, et » nulle puissance humaine ne peut empêcher » qu'un tel fait particulier ne se rapporte à un » tel fait général. Partout où le duel n'est pas » approuvé positivement, il est implicitement » assimilé par la loi au meurtre, et passible des » mêmes peines. — Mais dans le combat sin- » gulier, il y a suicide, et non homicide. — Il » y a l'un et l'autre. En droit, le suicide est » lui-même implicitement compris dans les » lois répressives du meurtre. Quand un sui- » cide est opéré, on ne peut plus le punir, car » il faudrait pour cela envoyer quérir le dé- » linquant dans l'autre monde, ce qui souffri- » rait quelques difficultés; mais on peut punir » légalement les tentatives de suicide. — Tout » cela peut être; mais Louis-le-Grand a éta- » bli une législation spéciale pour le duel. — » Il a eu tort, et c'est uniquement pour flatter » ses penchans, qu'on le lui a présenté comme » un délit de lèze-majesté, tandis qu'en assi- » milant légalement le meurtre et le duel, » on rend ce dernier solidaire de l'horreur » qu'inspire l'autre. Le législateur donne ainsi

» une impulsion morale à l'opinion publique, » qui finit toujours par se mettre à l'unisson » avec le bon sens, dans les pays où les lois » sont conformes aux principes. — Mais avant » d'arriver à un tel résultat, combien de sang » faudra-t il faire couler? — Nullement, M. de » Varinsa : sur cent duellistes condamnés, je » veux que le roi fasse grâce à quatre-vingt- » dix-neuf; car je ne compose point avec les » mœurs en théorie, mais je compose avec » elles en pratique. Cependant je veux qu'on » rende hommage aux principes, parce qu'il » n'y a pas d'autre manière d'extirper gra- » duellement les préjugés. Si le législateur ou » le magistrat autorisent le duel, il est impos- » sible que les militaires n'en fassent pas une » action méritoire, d'autant plus que si on peut » avoir du courage sans être duelliste, il n'en » est pas moins vrai qu'il ne faut pas en man- » quer tout à fait pour l'être. Concluons que » dans un pays civilisé, le duel doit être pros- » crit par les lois, mais amnistié par des grâ- » ces spéciales, plus ou moins rares, selon les » progrès du bon sens. — Savez-vous, M. de » La-Croix-Rouge, que vos raisonnemens ne » sont pas du tout ridicules; je m'en vais de ce » pas les communiquer à mon frère, qui est » conseiller au parlement, qui en parlera à

» monseigneur le chancelier, qui en parlera à » madame la marquise de Maintenon, qui en » parlera au roi, qui. . . . . n'y fera pas » attention : n'importe, il en sera informé, et » nous verrons, n'est-ce pas, nous verrons ce » qu'il en sera (39). »

Tel fut le dialogue que j'entendis avec beaucoup d'attention, et dont je me suis souvenu naguères à Paris, où il y avait une épidémie de duels qui menaçait de détruire la race entière des journalistes. Cependant il appartient à la France de prendre l'initiative contre cet usage, soit par le rang qu'elle tient en Europe, soit par la nature de son gouvernement, soit à cause de cette belle et noble habitude qui existe à Paris, de laisser les uniformes dans les casernes. Le duel est, par son essence, incompatible avec le régime constitutionnel, la liberté de la presse et l'égalité des conditions. Tel abus qui, renfermé dans une caste seule, peut être tolérable, cesse de l'être quand il s'agit d'opter entre son adoption universelle, ou son extirpation. Le principe du gouvernement constitutionnel est le respect aux lois : par conséquent, dans un tel régime, une disposition législative contre le duel ne saurait être violée. Tout cela est si bien vrai, que la mode du combat singulier ne se prolongera pas longtemps en Europe.

CHAPITRE VIII.

Voyages du Juif errant depuis la mort de Louis XIV, Roi de France, jusqu'à présent.

J'ai connu Paris au temps de la régence : sous prétexte d'aller vendre des pierreries, je me suis faufilé dans les palais ; j'ai connu maints seigneurs et maintes dames, dont la chronique scandaleuse a conservé les hauts faits. D'après toutes mes observations, je crois avoir découvert un mécompte des historiens. Ce n'est point à la conduite privée du duc d'Orléans qu'il faut attribuer les peccadilles de la noblesse parisienne de son temps. Ce n'est pas le prince à qui sa maîtresse osait dire en face et publiquement : *Dieu, après avoir créé l'homme, fit une ame de boue pour les princes et pour les laquais*, qui pouvait donner le ton à personne en fait de mœurs ; il le recevait au contraire, et c'est aux seigneurs et aux dames de la cour qu'il faut attribuer la conduite du régent, dont le palais servait de point de réunion, et non de modèle. Voilà ce que je tiens d'un personnage si distingué, que je n'ose le nommer, quoiqu'il soit mort et enterré depuis long-temps, et qu'il ne puisse plus me démentir.

Les concubinages de Louis XIV furent la véritable cause du libertinage effréné qui se manifesta après sa mort. Les hommes qui avaient été jeunes avec lui, ne devinrent point des Catons dans leur vieillesse, parce qu'ils n'épousèrent point des écolières de Ninon de l'Enclos, assez heureuses pour trouver leur intérêt dans leur devoir. Leurs enfans érigèrent en théorie ce que les pères avaient érigé en pratique : l'impulsion que Louis XIV avait donnée dans sa jeunesse, et dont il cessa d'être le centre dans sa vieillesse, demeura sans frein après sa mort. Tout cela n'est-il pas très-bien pensé (40)?

Louis XIV fut donc la cause du mauvais ton qui régnait dans la société du régent; cependant le bon ton de la cour de Louis XIV est dès long temps une expression proverbiale, et à bon droit, car ses valets-de-pied avaient un maintien plus décent et des manières plus polies que beaucoup de grands seigneurs du temps qui court. Mais qu'est-ce que le bon ton, et comment peut-on l'acquérir? D'abord, il est différent selon les personnes; et la première règle du bon ton, c'est d'avoir celui de son état. Ainsi, par exemple, un Juif errant doit divaguer sans cesse. Il faut dire après cela que le bon ton n'est autre chose que l'indice de telles ou telles autres qualités estimables, aimables ou étonnantes: or, la meilleure manière d'avoir l'apparence de ces sortes de choses, c'est d'en avoir la réalité.

Pour être amusant, il faut être amusé: les courtisans de Louis XIV s'amusaient beaucoup à la cour; voilà pourquoi ils étaient très-amusans à la ville. Habitués à vivre dans l'intimité, et non dans la familiarité du plus puissant monarque de l'univers, ils y contractaient l'habitude de cette fierté polie, que les bonnes gens nomment de la grandeur, parce qu'elle les étonne sans les irriter, et qu'elle leur permet de croire qu'un grand seigneur les associe à cette gloire dont ils se font une idée d'autant plus relevée, que lui-même paraît convaincu de son immensité, et du besoin d'en dérober l'éclat aux yeux des faibles. Une fierté polie vaut mieux qu'une fierté grossière; car du moins elle prouve qu'on a de l'usage; mais une modeste simplicité vaut encore mieux, car elle prouve qu'on a de l'esprit.

Les gens qui s'ennuient peuvent avoir difficilement bon ton: leurs facultés morales sont engourdies, et ils sont plongés dans un état de léthargie, qui est à l'ame ce que la faim est au corps.

La manie de vivre avec des personnes d'une existence supérieure à la nôtre, sous un rapport quelconque, est une des plus fâcheuses maladies qu'on puisse éprouver. *Cavois avec Racine se croit poëte; Racine avec Cavois se croit courtisan*, disait Louis XIV. Cet échange d'orgueil fut poussé à l'extrême pendant le 18e. siècle à Paris. Les grands seigneurs y courtisaient les gens de lettres, comme les gens de lettres y courtisaient les grands seigneurs. Il y avait cependant une différence entr'eux: c'est que les premiers dépensaient leur argent pour faire souper les gens de lettres, et leur accordaient une véritable bienveillance, tandis que ceux-ci ne dépensaient que leurs paroles en prose ou en vers, pour flatter les grands seigneurs; et après avoir bien dîné ou bien soupé chez eux, venaient au café Procope, où leurs propos, sur le compte de leurs protecteurs, excitaient mon indignation tout entière. Aussi ai-je toujours pensé depuis, que les grands seigneurs doivent vivre avec leurs maîtresses, les savans avec leurs livres, et que ceux qui appartiennent également à la classe des uns et à celle des autres, doivent faire alternativement l'une ou l'autre des deux choses indiquées ci-dessus (41).

Quand on venait à Paris, il y a cinquante ou soixante ans, pour satifaire un peu de curiosité sur bien des choses, il fallait tâcher de mettre le nez dans les cercles et dans les ruelles. Maintenant, sans se gêner beaucoup, on va se placer à dix heures du matin à la porte du palais Bourbon ; vous entrez à midi, si vous pouvez ; et bientôt un ministre en habit brodé, ou bien en soutane et en rabat, prend la peine de vous apprendre l'état du royaume, la marche des affaires, et la complication des intrigues politiques. Après des confidences telles, que voulez vous encore aller faire dans les salons, excepté pour y voir si les femmes sont jolies, si elles soutiennent, en fait d'élégance, l'honneur européen de la rue Vivienne, si elles sont polies avec les étrangers, et si elles font semblant d'être fidèles à leurs amans?

Il n'est rien au monde de plus funeste, de plus ridicule, de plus fâcheux, que l'habitude des petites coteries qui font filtrer partout le commérage, la pointillerie et la puérilité : il faut que tous les habitans de chaque pays se connaissent ; il faut que les femmes s'amusent, et que les hommes ne s'ennuient pas : mais tout cela doit se faire d'une manière bien calculée. Partout où l'on traite les plaisirs comme s'ils étaient des affaires, on traite légèrement aussi les affaires, comme si elles étaient des plaisirs. Il ne faut pas qu'un homme se voie forcé, par son isolement, à déployer, pour pénétrer dans les coteries, et pour y jouer un rôle, tout le talent et tout l'esprit qu'il pourrait employer à des choses plus utiles.

Le système des coteries dans une ville quelconque, réduit la majorité des oisifs à s'ennuyer ou à prendre des goûts peu sortables; il amène mille tracasseries. En ouvrant l'intérieur des ménages, il relâche tous les liens de l'ordre domestique, et engage les gens à tenir, par vanité, un pied de maison aussi inutile que coûteux. Bref, ce systême a une foule d'inconvéniens politiques et moraux, dont il serait très-long de faire l'énumération, et très-aisé de tarir la source.

Louis XIV s'était chargé de divertir la noblesse de son royaume, et ce fut pour lui un puissant moyen de gouvernement. Tel seigneur qui n'eût pas craint d'être mis à la Bastille, dans le temps qu'on s'ennuyait tout autant ailleurs, n'aurait pas voulu, pour tout au monde, manquer une fête de Versailles. Les barons du Languedoc, de la Bretagne ou du Dauphiné, aimaient mieux voir des jolies femmes dans le salon de Marly, que de se brouiller avec la cour, en défendant la constitution de l'état contre messire Colbert ou contre messire Séguier. Ce fut avec des bals et des festins que Louis XIV consolida son pouvoir; et nous avons vu tout récemment un grand conquérant adopter avec succès la même méthode. Cependant elle est fort dipendieuse, et il ne serait pas mal d'en suivre une autre plus économique.

Je n'ai rien vu de mieux en fait d'amusement, que la manière dont les choses étaient montées en Italie, il y a trente ans, au moyen des casinos et des spectacles, tels qu'on les exploite dans ce pays, non pas au profit des gens de lettres, mais bien à celui des oisifs, qui sont pour le moins aussi utiles à la société que les précédens, ou tout au moins qui doivent être réputés tels dans les lieux où ils payent à la porte.

Pour amener indirectement la clôture intérieure des ménages, tous les gouvernemens devraient engager les habitans à former des casinos et des spectacles, comme lieux de réunion. C'est ainsi qu'on fait des chemins publics pour que les individus qui battent la campagne, n'aillent pas se fourrer dans l'intérieur des champs. Ce que j'ai l'honneur de dire, était une vérité parfaitement connue des anciens législateurs ; mais depuis qu'ils sont morts, on a oublié bien des choses.

Les moralistes comprennent souvent dans leurs censures, les modes, les bals et les spectacles : ce sont des choses qui ont, ou qui n'ont pas de l'importance, selon qu'on en a ou qu'on n'en a pas l'habitude. Pour mettre les moralistes, la nature humaine et le bon sens en harmonie, il faudrait que tous ceux qui peuvent s'habituer aux susdites choses, s'y habituassent de bonne heure, et que les autres ne cherchassent point à leur supposer, ni dans un sens, ni dans un autre, plus d'importance qu'elles n'en méritent. Au reste, comme je suis un oisif, que je ne suis pas une femme, et que j'ai les jambes cassées, je soutiens, envers et contre tous, que, parmi les choses mondaines, les spectacles sont la meilleure, et qu'ils peuvent être infiniment utiles *pour régulariser l'oisiveté*.

Je compte publier un jour la *Théorie des modes*, en douze volumes in-folio, chacun desquels sera divisé en trente chapitres, et quelquefois en trente-un, lesquels seront divisés en vingt-quatre paragraphes, le tout avec des commentaires historiques, critiques, politiques, philosophiques et littéraires, et avec trois cent soixante-cinq gravures. Je tâcherai d'expliquer d'après quelles bases on peut apprécier la situation morale d'une femme, sur la simple inspection de son habillement. Je tâcherai d'analyser le cœur, l'esprit et la conduite de ces jolies créatures que l'élève du bon Philippe prend d'abord pour des oies, mais à la nature attrayante desquelles il rend bientôt un hommage éclatant (42). Je tâcherai de démontrer ce que tout le monde sait déjà, c'est-à-dire, qu'il est tel genre d'élégance qui suppose dans une femme, et qui inspire un je ne sais quoi, lequel fait plaisir aux uns, et scandalise les autres, tandis qu'il est un genre différent d'élégance, tout aussi soigné, qui suppose uniquement dans une femme, un certain instinct de magnificence, d'orgueil et de haute considération pour elle-même. A la vérité, les deux genres sont également funestes à la bourse des maris, et ruineux pour les familles qui, par hasard, ne sont pas opulentes.

Mais ne voilà-t-il pas qu'au lieu de raconter comme un voyageur, je bavarde comme un philosophe! Transportons-nous plutôt à Madrid, et voyons Philippe V plaisanter sérieusement avec la princesse des Ursins. Ce monarque eût mieux aimé se pendre ou se noyer, que d'avoir une maîtresse véritable; mais il avait besoin d'une maîtresse postiche, à cause de son caractère mélancolique. Un esprit et un cœur fatigué par des causes quelconques, placent l'homme dans une situation telle, que l'exercice de sa volonté lui devient pénible: alors il ne demande pas mieux qu'à le résigner en faveur d'autrui. Les particuliers ne trouvent pas toujours des jolies femmes qui veuillent faire une telle acquisition; mais les princes ne cherchent pas infructueusement, et ils rencontrent toujours une princesse des Ursins plus ou moins jolie, plus ou moins intrigante.

Les amours de Louis XV avec la marquise de Pompadour et autres gentilles créatures, ne ressemblaient pas tout à fait à ceux de Philippe V. On m'a raconté, dans le temps, deux ou trois mille anecdotes dont je ne me souviens plus, relativement au parc aux Cerfs, où il y avait des biches fort apprivoisées. Vénus demeurait alors au château de Versailles, et le maréchal de Richelieu était son grand-prêtre. Cet homme avait emporté dans sa vie quelques places fortes et beaucoup de places faibles, ce qui lui avait donné beaucoup de gloire et beaucoup de plaisir: mais malheureusement sa galanterie ne ressemblait point à celle de Henri IV, car le maréchal n'était au fond qu'un parfait égoïste. Les femmes achetaient ses bontés, et non sa bienveillance. On dit que dans les Champs-Elysées il passe maintenant son temps avec Ninon de l'Enclos, avec Fontenelle et avec Voltaire, dont la vie montre qu'il n'y a rien de tel pour être aimé de tout le monde, que de n'aimer personne; tant il est vrai que les hommes sont clairvoyans, généreux et raisonnables (43) !

Tandis que Louis XV outrait le plaisir à Versailles, l'empereur Charles VI se divertissait gravement à Vienne, en faisant jouer les opéras de Métastase. J'y ai assisté plusieurs fois, et rien ne m'a rappelé autant les spectacles des anciens. J'ai connu dans sa jeunesse l'impératrice Marie-Thérèse, que j'honore jusqu'à un certain point, malgré sa prédilection pour le despotique Kaunitz, et pour plusieurs autres personnages haïssables. Pourquoi les femmes qui gouvernent les empires ne choisissent-elles pas des ministres de leur sexe? J'ai presque envie de croire que les choses en iraient mieux.

Il faudra bien dire un mot de Frédéric II, qu'on nomme fort à propos le philosophe de Sans-Souci, car il y avait dans son caractère quelque bonhomie, mais presqu'autant d'égoïsme que parmi les savans qu'il entretenait auprès de lui, comme l'on entretient des animaux rares dans une ménagerie. Je l'ai vu dans le parc de Potzdam, avec ses grosses bottes, son chapeau sur l'oreille et sa longue canne. Ce prince doit être considéré comme un grand capitaine ; mais il doit être placé parmi les despotes, et non parmi les grands rois. En épuisant son royaume par des efforts hors de proportion avec ses moyens, il prépara un triste avenir à ses successeurs (44).

Sous le règne de Louis XV, j'ai presque toujours vécu en France; c'était alors le pays de l'Europe où l'on s'amusait davantage. Ne pouvant rester plus de trois jours de suite à Paris, j'employais mon temps à parcourir les châteaux où résidaient dans les différentes provinces du royaume les personnes qui fixaient l'attention publique. Je fus, par exemple, à la Brède, près de Bordeaux, pour y voir le président de Montesquieu. Je lui fis mes complimens sur son *Esprit des Lois*, que j'avais acheté quelque temps auparavant à la foire de Léipsick, et je lui dis qu'il devait se trouver très-satisfait de la considération dont il jouissait dans toute l'Europe. Mon ami, me dit-il en souriant, le plus grand avantage que j'y trouve, c'est que les anglais payent plus cher le vin de la Brède qu'on envoie à Londres, qu'ils ne faisaient auparavant. Il me parla ensuite de l'influence politique des climats, et je convins que les habitans d'un pays chaud, qui peuvent causer ensemble toute l'année sur la place publique, doivent être plus sociables que ceux qui, transis de froid, sont obligés de vivre séparément au coin du feu.

J'ai vu Buffon à Montbard, et j'ai été introduit dans un certain cabinet au haut d'une tour, où il travaillait toute la journée. Les animaux et les hommes conservent également beaucoup de respect pour sa mémoire. Son nom est cher surtout aux tailleurs et aux couturières; car il répétait sans cesse qu'un homme digne de ce nom doit être bien vêtu, prêchant cette doctrine par son exemple, et soutenant qu'il ne peut y avoir ni vertu ni mérite dans un homme mal habillé. Je crois, pour mon compte, que ce grand naturaliste avait raison : c'est pourquoi, et afin d'avoir une tournure élégante, j'ai adopté depuis cinq ou six cents ans le costume gentil des juifs d'Allemagne

J'ai connu Jean-Jacques Rousseau à son ermitage de Montmorency : je me suis assis, et pour le coup je dis bien la vérité, sur la même pierre où le philosophe génevois s'asséyait chaque jour. Cet homme avait, dit-on, l'esprit pervers et le cœur vertueux. Je n'en sais rien : tout ce que je puis dire, c'est qu'il avait beaucoup d'éloquence, beaucoup de sentiment et beaucoup d'amour-propre. Mais il avait une instruction médiocre : il n'a fait que rendre populaires des opinions anciennes; et, si je ne me trompe, la postérité ne verra en lui qu'un prosateur élégant.

Il me semble encore voir le sire de Ferney, dans le jardin de son château, une bêche à la main, avec un bonnet de velours, une énorme perruque mise de travers, une grande pelisse et les talons rouges, réunissant sur sa personne le costume de plusieurs âges et de plusieurs pays. Le petit procureur se donnait à merveille tous les airs d'un seigneur châtelain. Il n'aimait pas les juifs, comme l'on sait : cependant il me reçut assez bien, et m'entretint, en plaisantant sur le compte de mes ancêtres. C'était un feu roulant de turlupinades et de quolibets, auquel je crus riposter en m'égayant sur les welches; mais le sire de Ferney ne demandait pas mieux; et comme le patriotisme cédait souvent chez lui à la philosophie, il détourna ses sarcasmes sur sa propre patrie, dont il fit généreusement les honneurs, laissant la mienne en repos. Il fit demander ensuite madame Denis, sa nièce, me fit donner des petits pâtés, et me souhaita le bon soir.

Le nom de Voltaire me rappelle celui de Beaumarchais, éditeur de ses ouvrages; et celui-ci me rappelle la comédie intitulée *le Mariage de Figaro*, laquelle, soit dit en passant, m'amusa beaucoup dans sa nouveauté. Elle eut cent représentations de suite, et j'en vis le plus grand nombre, car je savais éluder mes destinées, en allant au bout de trois jours coucher à Gonesse ou à Pantin, pour revenir le lendemain à Paris. Cette petite demoiselle Olivier, avec ses beaux yeux bleus, en habit de page, m'échauffait la tête; mais il fallait prendre patience, regarder et laisser le reste aux grands seigneurs et aux fermiers-généraux.

Le public courait à cette pièce, parce qu'il y avait de jolies actrices, et à cause de la multitude des épisodes, peu vraisemblables à la vérité, mais amusans. J'ai failli mourir de rire à Coblentz, quelques années après, en écoutant un vieux personnage au grand toupet, qui attribuait sérieusement la chute de la noblesse au *Mariage de Figaro*, comme si les bêtises d'Almaviva et les propos de son valet avaient pu faire plus d'effet à elles seules, que les *pasquinades* et les *marforiades* n'en font à Rome (45).

J'ai vu planter à Trianon le premier jardin

anglais que l'on ait eu en France. J'ai connu la reine Marie-Antoinette dans toute sa beauté et dans toute sa gloire. J'ai vu la cour de Versailles dans la joie, et Paris dans la dissipation. En quittant ces lieux en 1787, pour aller voir Catherine II à Pétersbourg, je ne prévoyais point tout ce qui devait avoir lieu en France deux ans plus tard.

A mon retour, je vis bien des choses; mais ne voulant rien apprendre de ce que l'on sait déjà, je ne veux rien dire, ni de la séance d'ouverture des états-généraux, ni de la prise de la Bastille, ni du 6 octobre 1789, ni du 14 juillet 1790, ni du 10 août 1792, quoique j'aie vu tout cela de mes propres yeux. Ne voulant pas dire tout à la fois, et ne voulant pas débiter à tout le monde les précieuses anecdotes dont je conserve le souvenir, sur les dernières années, je prends le parti de ne pas parler de tout ce qui s'est passé en Europe depuis trente ans. Mais comme je suis un peu raisonneur, je demande la permission faire deux ou trois réflexions sérieuses avant de jeter mon écritoire par la fenêtre.

La plupart de ceux qui se nomment eux-mêmes *des penseurs*, font, en parlant de la révolution française, un certain sophisme qui consiste à prendre pour une cause ce qui fut seulement un événement antérieur, ou bien pour un effet ce qui est seulement un événement postérieur. Les troubles, disent les uns, ont éclaté en France après la convocation des états-généraux; donc ils sont l'effet de la convocation des états-généraux. La liberté, disent les autres, s'est établie en France après la destruction de la noblesse; donc l'existence de la noblesse était un obstacle à l'établissement de la liberté. Ah! messieurs les sophistes blancs et tricolores, quand cesserez-vous de dire des bêtises, et de fatiguer les oreilles de toute l'Europe avec des absurdités soporifiques au dernier degré?

Chez les payens, les esprits forts disaient que les dieux étaient enfans de la peur. Les esprits justes peuvent dire que la peur a fait tous les événemens de la révolution française. Si l'on n'avait pas craint mal à propos la chute de la monarchie française, elle ne serait pas tombée; si les royalistes n'avaient pas craint les novateurs, ils auraient composé avec eux; et si les novateurs n'avaient pas craint les royalistes, ils ne les auraient point proscrit.

Nul n'a vu plus de choses que moi; nul ne peut mieux comparer le caractère des différens siècles. J'ai toujours vu la même quantité de bien et de mal; mais j'ai vu l'un et l'autre sous des formes différentes, et distribués différemment parmi les individus, selon les temps, selon les lieux. J'ai reconnu que la providence dans les différens siècles, a établi une sorte de compensation entre la qualité et la quantité. Compte fait, le présent a de grands avantages : ils ont été payés un peu cher, mais il faut en jouir, puisqu'ils sont acquis. La vertu a maintenant plus d'écueils et plus de moyens qu'autrefois. Au reste, prenons les temps comme ils sont ; que le cœur oublie le passé, que l'esprit s'en souvienne, et l'on sera content.

Cela étant dit, je quitte la plume et je me repose. L'histoire de mes voyages est un cadre indéfini : j'y reviendrai peut-être plus d'une fois, ajoutant ou retranchant toujours quelques fadaises. Avec des amis et des protecteurs aussi zélés que les miens, avec des journalistes aussi bienveillans que ceux du dix-neuvième siècle, mon écrit ne peut qu'avoir au moins six cents éditions. J'espère que la dernière aura six cents volumes in-folio, et qu'elle charmera encore les loisirs des badauds, un quart d'heure avant la fin du monde (46).

FIN.

NOTES.

(1) Dans la *Bibliothèque des Romans*, du mois de juillet 1777, on trouve une histoire apocryphe de mes voyages, qui n'a rien de commun avec celle-ci, et n'est qu'un tissu de mensonges et de choses insignifiantes, froidement agglomérées. Il y a quelque chose de vrai sur mon compte dans le *Dictionnaire* de Calmet, édition de 1730, t. 2, page 472. Basnage est tout à fait ridicule dans les motifs qu'il assigne à ce qu'il ose appeler la fable du Juif errant. Un écrivain de ma connaissance veut que les voyages perpétuels du chef secret des synagogues juives, aient donné lieu à la supposition de mon existence. L'explication serait plausible, si je n'existais pas réellement ; mais, dans ce cas, les gens d'esprit peuvent comprendre que je n'aurais pas écrit cette histoire. Je prouve donc mon existence, comme certains philosophes prouvèrent autrefois à un pyrrhonien celle de l'homme, c'est-à-dire, en marchant, et, de plus, en écrivant.

(2) Il est inutile d'étaler une savante pédanterie, en justifiant par des témoignages incontestables, ainsi que je pourrais le faire, la vraisemblance, ou, pour mieux dire, la vérité de mes assertions et de mes descriptions. Je dois cependant attacher quelqu'importance aux dates ; car dans toutes les histoires possibles, elles ressemblent à ces pierres numérotées, qui notent les distances, et qu'un voyageur quelconque est toujours bien aise de trouver sur son chemin. Je commence donc à dire que

Caligula mourut l'an 41 de l'ère vulgaire, Claude en 54, et Néron en 68.

(3) Les anciens surpassèrent beaucoup les modernes en fait de gourmandise. Athénée, qui vivait au commencement du 3e. siècle, nous a laissé un véritable traité de cuisine *classique*: on peut la comparer avec la cuisine *romantique*, en lisant Legrand d'Aussy, *Histoire de la vie privée des Français*, 1782, 3 vol. in-8°.

(4) La ville de Jérusalem fut prise l'an 70; Vespasien mourut en 79, Tite en 81, Domitien en 96; Trajan mourut en 117, Adrien en 138, Antonin en 161, Marc-Aurèle en 180, Commode en 192.

(5) Plutarque vivait sous le règne de Nerva, de Trajan, d'Adrien et d'Antonin; Epictète mourut l'an 150; Pérégrinus fut brûlé en 166; Lucien vivait sous le règne des Antonins.

(6) Septime-Sévère mourut en 211, Caracalla en 217, Héliogabale en 222, Alexandre-Sévère en 235. Valérien fut fait prisonnier par les Parthes en 260. Galien mourut en 267, Aurélien en 275, et Probus en 282. C'est ce dernier qui fit planter des vignes dans les Gaules, et qui prépara ainsi aux gourmands parisiens des âges futurs, les jouissances un peu chères que leur procurent les vins de Champagne, de Bourgogne et de Bordeaux, sans parler du nectar de Surène.

(7) Dioclétien abdiqua l'empire en 305, et mourut en 313. Constantinople fut bâtie en 330. Constantin mourut en 337, et Constance, son fils (qu'on ferait mieux d'appeler Constantius), en 361.

(8) Julien mourut en 363. Son ouvrage contre les habitans d'Anthioche fut intitulé en grec, *Mysopogon*, c'est-à-dire, *l'ennemi de la barbe*.

(9) Valentinien I mourut en 375, Théodose-le-Grand en 395, Honorius en 423, Stilicon en 408, Théodose II en 450, Attila en 453. Romulus-Augustule cessa de régner en 476.

(10) Clovis, roi des Francs, mourut en 511; Théoric, roi des Ostrogoths, en 526. Boetius fut assassiné en 525. Cassiodore mourut en 565. L'invasion des Lombards en Italie eut lieu en 568. Mahomet mourut en 632, le calife Omar en 644, Léon d'Isaure en 741.

(11) Childebert, roi de Paris, qui avait le bonheur d'être époux de la reine Ultrogote, mourut en 558, Frédégonde en 597, et le bon roi Dagobert en 638. Berthe *au grand pied* mourut en 783. Quelle différence, tout au moins quant aux extrémités, entre cette belle princesse et les dames parisiennes de nos jours! J'ignore tout à fait si elles sont aussi sages que la reine Berthe; mais je sais fort bien qu'elles ont presque toutes un petit pied : c'est même là une des principales observations que j'ai été dans le cas de faire sur leur caractère.

(12) Gondeberge fut enfermée dans le château de Lomello en 629, et fut délivrée en 632. Liutprand, roi des Lombards, mourut en 744.

(13) Charlemagne naquit à Salzbourg en 742, fut couronné roi des Francs en 768, devint roi des Lombards en 774, fut proclamé empereur d'Occident en 800, et mourut en 814.

(14) Photius, célèbre de plusieurs manières, et entr'autres, comme auteur d'une compilation littéraire, intitulée *Bibliothèque*, mourut en 891. L'empereur Basile, dit le Macédonien, auteur des lois dites *Basilisques*, mourut en 886.

(15) Charles-le-Chauve mourut en 877, Charles-le-Gros en 888, Arnoul en 899, Othon I en 973, Aleran de Montferrat en 995, Othon II en 983, Hugues-Capet en 996, Guillaume-le-Conquérant, roi d'Angleterre, en 1087.

(16) Raoul de Coucy partit pour les croisades en 1191, et ne cessa de chanter en route cette chanson célèbre qu'on attribue faussement au beau Dunois, et où l'on exprime le désir d'aimer toujours la plus belle. Cela est d'autant plus sage, qu'à tout hasard, pour se pardonner à soi-même un amour malheureux, il faut au moins avoir aimé une jolie femme ; c'est ce qui n'est pas toujours arrivé à tous mes amis.

(17) La première croisade eut lieu en 1095. Anne Comnène mourut en 1148, Conrad, marquis de Montferrat en 1190, Philippe-Auguste en 1223, Richard *Cœur-de-Lion* en 1199. La diète de Lamégo eut lieu en 1145. Alphonse IX, roi de Castille, mourut en 1214. Benjamin de Tudela écrivit son itinéraire en 1160.

(18) Abélard mourut en 1142, Héloïse en 1162. J'ai vu tout récemment leurs tombeaux à Paris, au musée des monumens français, établissement dont les amateurs de l'archéologie du moyen âge ont déploré d'abord la formation, et ensuite la destruction, d'autant plus que des tombeaux vides n'appartiennent plus qu'aux arts et à l'histoire.

(19) Le roi Entius fut fait prisonnier le 26 mai 1249. Le poëme d'Alexandre Tassoni, sur la guerre de Modène, fut imprimé pour la première fois en 1622.

(20 Pierre des Vignes mourut en 1249, Frédéric II, empereur et roi de Sicile en 1250. Les vêpres siciliennes eurent lieu le 30 mars 1282 ; événement que les

Français doivent excuser, et que les Italiens doivent détester.

(21) Alphonse X. roi de Castille, mourut en 1284; et Raymond Lulle en 1315.

(22) Philippe-le-Bel mourut en 1314. Ses trois fils, Louis Hutin, Philippe-le-Long et Charles-le-Bel plaidèrent, pour cause d'adultère, contre leurs épouses, Marguerite de Bourgogne, Jeanne de Bourgogne et Blanche de Bourgogne. La première fut confinée dans le château d'Andeli, où elle fut étranglée en 1314; la seconde resta un an au château de Dourdan, et revint ensuite auprès de son époux; la troisième fut d'abord enfermée au château d'Andeli, répudiée ensuite sous prétexte de parenté : elle finit ses jours en paix à Maubuisson.

(23) Alphonse XI mourut en 1350, Inès-de-Castro en 1335, Edouard III en 1377, Pétrarque en 1374, l'empereur Charles IV en 1378.

(24) Charles VI mourut en 1422. Le jeu de piquet fut inventé en France sous son règne, et pour l'amuser. M. Rive, *Notices historiques et critiques de deux manuscrits*, 1779, in-4°., a prouvé que les cartes étaient connues en Espagne dès l'an 1330. M. Court-de-Gebelin, *Monde primitif analysé et comparé avec le Monde moderne*, Paris, 1781, in-4°., t. 8, pages 365-410, veut faire dériver le jeu des cartes de celui des tarots ou tarocs, qu'il prétend avoir été en usage chez les anciens égyptiens, tel qu'il est aujourd'hui, et sur lequel il se livre à une foule de conjectures, dont plusieurs sont évidemment insoutenables. Voici la vérité. Le jeu des dés fit inventer celui des cartes dans la plus haute antiquité. En effet, une carte n'est autre chose que l'une des six

faces d'un dé : ainsi, les quatre dés avec lesquels on jouait ordinairement, produisirent d'abord vingt-quatre cartes, auxquelles seize autres furent ajoutées dans la suite. Pour exprimer les trous des dés, on mit d'abord des cercles ou des carrés, qu'on changea depuis, selon les temps et les lieux, en trèfles, en piques, en fleurs, en coupes, en deniers, en bâtons, en épées, etc. Sous le règne de Charles VI, on introduisit dans les jeux les rois, les dames et les valets. Bientôt, et ce fut en Italie, l'on inventa le jeu des tarocs, qu'on y joue encore, et il fut formé de trois élémens : 1°. des vingt-deux figures, qui sont les tarocs proprement dits; 2°. de quarante cartes ; 3°. des douze figures françaises ; mais on y ajouta quatre chevaliers, et ce fut mal à propos, puisque les valets français sont de condition chevaleresque, et ne sont à pied qu'à cause que les rois et reines y sont aussi. Les vingt-deux tarocs sont les mêmes figures qui, au temps des anciens empereurs, servaient aux sorciers égyptiens, lorsqu'ils venaient à Rome pour dire la bonne aventure. Les tarocs n°. 2 et n°. 5 indiquaient une prêtresse d'Isis et un prêtre d'Osiris. Le costume de ces deux figures fut changé dans le moyen âge, ainsi que leur nom. Les tarocs n°. 3 et n°. 4 indiquaient un empereur romain et son épouse. Le n°. 16 était destiné à offrir l'image de l'instabilité des choses humaines : on y voit une maison dont les propriétaires ruinés sont, à cause de cela, représentés la tête en bas ; leur argent s'enfuit par les toits, ou s'évapore en fumée. Le taroc n°. 21 indique la Renommée qui apprend aux vivans les actions des morts, dont elle ouvre ainsi les tombeaux. Quant aux seize autres tarocs, on peut s'en rapporter aux explications de Gebelin. Je veux ajouter que le serpent qui fut pris pour une corde, dans le n°. 12, fit prendre la Prudence pour un pendu. Je ne crois pas que les Jumeaux et l'Ecrevisse, dans les n°. 19 et 18, signifient aut e chose que des signes du zodiaque. Les Tours et les Chiens, sous la Lune, veulent dire qu'elle éclaire les villes pendant la nuit, comme le mur placé sous le soleil, veut dire qu'il éclaire et féconde les campagnes hors des murailles des villes. Voilà des renseignemens importans et *nouveaux* qui devraient me faire aggréger à toutes les académies de l'Europe.

(25) La Pucelle d'Orléans fut brûlée en 1431. M. Caze, *La vérité sur Jeanne-d'Arc*, 1819, 2 vol. in-8°. prétend que cette héroïne était fille adultérine d'Isabeau de Bavière et du duc d'Orléans, frère de son époux. Quoi qu'il en soit, il est ridicule et même très-peu religieux de supposer une inspiration céleste à la Pucelle : il est difficile de croire qu'elle ait été séduite ; et si elle trempa dans l'imposture qui fut imaginée pour sauver la France, il est certain que les juges de robe noire n'auraient pas pu approuver l'usage d'un tel moyen, quand même ils n'auraient pas été attachés au parti anglais.

(26) Isabeau de Bavière mourut en 1435, Charles VII en 1461, Agnès-Sorel en 1450, Louis XI en 1483, Philippe-le-Bon, duc de Bourgogne, en 1467.

(27) Venceslas mourut en 1419, et l'empereur Sigismond en 1437. Zisca était mort depuis l'an 1424, lorsque la guerre des Hussites fut terminée en 1435. La première apparition des Zingari en Italie est de l'an 1422 : ils ne parurent en France qu'en 1427. Ces dates ne font aucun tort à mon assertion sur ces vagabonds ; car une horde de Hussites peut avoir quitté la Bohême avant la mort de Zisca. C'est en 1810 que

parut en français la traduction de l'Histoire des Bohémiens, composée par Grellmann, en langue allemande.

(28) Côme de Médicis, surnommé le *Père de la patrie*, mourut en 1464, Laurent-le-Magnifique, son petit-fils, en 1492, Raphaël en 1520.

(29) Selon les usages chevaleresques, tout gentilhomme, soit qu'il reçût un démenti, soit qu'on en donnât un à sa maîtresse, devait immédiatement donner un soufflet au mal-avisé, et mettre ensuite l'épée à la main, si on le demandait. C'est ainsi que, pour avoir donné un démenti à la dame de Beaujeu, le duc d'Orléans, qui fut depuis Louis XII, reçut un bon soufflet des mains de René, duc de Lorraine, son sigisbée. Quand le prince offensé monta sur le trône, il refusa de s'en venger, et c'est à cette occasion (comme je m'en souviens, et qu'Amelot de la Houssaye le dit dans ses mémoires) qu'il déclara que ce n'était pas au roi de France à venger les injures du duc d'Orléans.

(30) Charles-Quint fut couronné à Bologne en 1528, et mourut en 1558; François Ier. en 1547, Henri II en 1559, Diane de Poitiers en 1566.

(31) Diane de France, princesse non pas légitime, mais légitimée, mourut en 1619. La jeune italienne qui, par mégarde, lui donna le jour, était de la même famille que Zilia Duchi, sur laquelle Matteo Bandello, dans ses Nouvelles, raconte une anecdote très-plaisante. Zilia était insensible aux flèches de l'Amour, quoiqu'elle fût d'une beauté rare ; mais en revanche, elle était livrée au démon de l'avarice. Le sire de Virle, jeune gentilhomme qui avait son château près de Montcalier, où demeurait la belle, eut occasion de la voir, fut

épris de ses charmes, parvint à s'introduire chez elle, et sollicita vivement le bonheur de lui donner un baiser sur le front, mais rien de plus. Zilia y consentit, après que le jeune homme eut promis d'exécuter fidèlement ce qu'elle voudrait lui ordonner. Quand le baiser fut pris, Zilia ordonna au sire de Virle de rester trois ans sans parler, apparemment pour l'empêcher de se vanter de sa bonne fortune. Le pauvre diable, esclave de sa parole, et ne voulant pas être à la merci des railleurs, se retira en France, à la cour de Charles VII. Il fut employé contre les anglais, et fit des exploits héroïques *en silence.* Le roi, touché de son état, fit proclamer un prix de dix mille florins pour celui qui aurait pu lui rendre la parole. L'avare Zilia en fut instruite, et vint aussitôt à Paris pour dégager le muet de sa promesse, et gagner ainsi la récompense promise. Pendant son voyage, tant d'empiriques s'étaient présentés, que le roi avait fait proclamer une amende de dix mille florins pour quiconque aurait entrepris la cure sans y réussir. Zilia étant arrivée, crut n'avoir rien à redouter, et se fit introduire auprès du muet. Mais elle eut beau le dégager de son serment, il n'ouvrait pas la bouche. Effrayée de cette obstination, elle lui offrit tout ce qu'une femme peut et ne doit pas donner. Le malin profita d'une générosité si grande, et persista dans son silence. Zilia paya l'amende, s'en retourna comme elle était venue; et au bout des trois ans, le sire de Virle fit pâmer de rire la France entière, en racontant son aventure.

(32) Henri VIII mourut en 1547, Elisabeth en 1603, Marie Stuart en 1587, Catherine de Médicis en 1589, Henri III en 1589. Le sire de la Noue publia ses *Dis-*

cours politiques et militaires en 1587, in-4°. Henri IV mourut en 1610, et Sully en 1641.

(33) Victoire Colonna mourut en 1547, Véronique Gambara en 1550, Constance d'Avalos en 1560. Tullie d'Arragon composa le poëme épique intitulé : *Il Guerino Meschino*, 1560, in-4°. Pibrac mourut en 1584, Rabelais en 1553, Nostradamus en 1566.

(34) Louis XIII mourut en 1643, mademoiselle de la Fayette en 1665, Cinqmars en 1642, Richelieu en 1642, Philippe IV en 1655; Gondi de Retz, qu'on nommait, en plaisantant, le colonel du régiment de Corinthe, en 1679.

(35) Louis XIV mourut en 1715, le grand Condé en 1686, Lauzun en 1723, Dangeau en 1720, Montausier en 1690 ; Hortense Mancini, duchesse de Mazarin, en 1699; Olympe Mancini, comtesse de Soissons, en 1708 ; Marie Mancini, princesse Colonna, en 1715, la duchesse de la Vallière en 1710 ; la duchesse de Fontanges en 1681, la marquise de Montespan en 1707, la marquise de Maintenon en 1719, et Bontems, le valet-de-chambre de Louis XIV, ... j'ai oublié l'époque de sa mort. Il serait trop long d'étaler ici la chronologie complète du *grand siècle*, car on y mourait aussi souvent qu'aujourd'hui.

(36) La satire Menippée est un ouvrage burlesque publié en 1594, et dirigé contre la ligue. Théodore Agrippa d'Aubigné, l'un des amis de Henri IV, est auteur du roman satirique intitulé *Les Aventures du baron de Fœneste*, 1630, in-8°. Il est bon d'apprendre à ceux qui l'ignorent, que Varron, le plus docte des romains, ne dédaigna point d'écrire dans le genre burlesco-satirique. Rien n'est plus agréable pour un écrivain, que de se moquer quelquefois de ses lecteurs.

(37) La Bruyère publia ses *Caractères* en 1687. Louvois devint ministre en 1658, et mourut en 1691. Fénélon fut nommé précepteur du duc de Bourgogne en 1689, et fit imprimer les quatre premiers livres de *Télémaque* en 1699. L'impression fut suspendue par ordre du roi ; et tant que Louis XIV vécut, il ne fut pas permis de la continuer en France. Cependant, l'année même 1699, l'ouvrage entier fut imprimé en Hollande. Fénélon ne fut point inquiété. En effet, il n'a jamais été défendu d'écrire l'histoire contemporaine, et de peser le talent des gens. Arrêter la publication d'un ouvrage, c'est nuire à l'auteur. Il faut donc avoir des motifs très-impérieux pour le faire avec justice, surtout lorsqu'il s'agit d'un ouvrage apologétique, car la défense de soi-même est de droit naturel.

(38) Charles II mourut en 1685, la reine Anne en 1714, et Marlbourough en 1722.

(39) On peut comparer, si l'on aime les contrastes, le dialogue de la Croix-Rouge et de Varinsa, avec un petit écrit intitulé : *Essai historique et critique sur le Duel, par M. Brillat de Savarin, conseiller à la cour de cassation.* Paris, 1819, in-8°.

(40) Madame de Maintenon, qui épousa secrètement Louis XIV dans ses vieux jours, avait été formée, sinon à la vertu, tout au moins à la routine et à l'esprit de société, par l'Aspasie française, Ninon de l'Enclos, morte en 1706.

(41) La raison publique, maintenant élaborée au palais Bourbon, où siége glorieusement la Chambre des Députés, l'était autrefois, en France, dans les salons de madame Geoffrin. Il faut convenir que la différence est immense, et toute au profit du temps actuel. Les

coteries ne peuvent former que des publicistes *poupées*, des diplomates *poupées*, et des littérateurs *poupées*. C'est dans la solitude que se forment les grandes ames ; c'est dans une publicité complète que brillent les génies supérieurs. Cependant il est de fait que la dictature morale exercée par la France sur toute l'Europe pendant le 18e. siècle, fut l'effet principalement de coteries de Paris; tant il est vrai que l'or a souvent moins d'attrait pour les hommes que le clinquant!

(42) Je suppose que tout le monde connaît le conte de la Fontaine, sur les Oies du Frère Philippe, qui ne sont pas les oies du Capitole.

(43) Philippe V mourut en 1746 ; Anne de La Trémouille, femme du prince des Ursins, (c'est-à-dire Orsini), en 1722, Louis XV en 1774, la marquise de Pompadour en 1764, le maréchal de Richelieu en 1788. Le sérail secondaire de Louis XV, à Versailles, était au lieu nommé le Parc-aux-Cerfs.

(44) L'empereur Charles VI mourut en 1740, Métastasio en 1782, Marie-Thérèse en 1780, Kaunitz en 1794, Frédéric II en 1786.

(45) Montesquieu mourut en 1755, Buffon en 1788, âgé de 81 ans; Rousseau en 1778, Voltaire en 1778, Beaumarchais en 1799.

(46) Toutes les anecdotes contenues dans cet ouvrage sont *historiques*. Si je m'étais trompé quelquefois par défaut de mémoire, d'entendement ou de volonté, il n'y aurait pas grand mal à cela : je ne prétends point enseigner l'histoire à mes lecteurs, etc., etc.

A Paris, de l'Imprimerie d'Ant. BAILLEUL, rue Thibautodé, No. 8.

www.ingramcontent.com/pod-product-compliance
Ingram Content Group UK Ltd.
Pitfield, Milton Keynes, MK11 3LW, UK
UKHW020252250726
13967UKWH00004B/1630